SV

Peter Handke

Kali

Eine Vorwintergeschichte

Suhrkamp

Erste Auflage 2007

Satz: pagina GmbH, Tübingen
Druck: Friedrich Pustet, Regensburg
Printed in Germany
ISBN 978-3-518-41877-2

1 2 3 4 5 6 – 12 11 10 09 08 07

Kali

Eine Vorwintergeschichte

Auch mir hat sie Angst gemacht, macht sie Angst. Aber ich möchte mich ihr stellen.

Allmählich setzt das Gedächtnis ein, und ich höre sie, noch ohne sie zu sehen. Und was höre ich von ihr? Ist das ihre Stimme? Oder ein Instrument? Der Ton, eher der Klang, hat etwas von beidem. Es ist eine Art von Zusammenklang, von Instrument und Stimme. Oder nichts als ein Instrument, das sich darüber hinaus als Stimme anhört? Gesang? Nein, Stimme, wie nur je eine, ein Rufen wie manchmal im Traum, ein Ruf, der bei mir ankommt als ein Gerufenwerden wie keines sonst, und so ankommt nicht nur bei mir. Denn nach ein paar Augenblicken der Stille höre ich eine mehrtausendfache Antwort, unisono, einen allgemeinen Aufschrei, der ein Versprechen ist. An sie, die Ruferin? Nein: eines jeden so Aufschreienden an sich selber; ein geschrieener Schwur an mich selber. Dabei habe ich den Klang auch als einen Drohruf im Ohr, zugleich als einen Zornausbruch, zugleich als einen Schmerzenslaut.

Es war ein Schlußklang, den ich gehört habe, der Schlußklang eines Konzerts, des letzten während ihrer Tournee vor dem Winter. Soll ich sie Sängerin nennen? Oder Ruferin? Am ehesten hat sie bei ihren Bühnenauftritten auf mich als eine Musikantin gewirkt, wenn spielend, so nicht für uns, sondern rein um des Spiels willen, und so auch ohne je den Anschein oder das Gehabe eines Spiels. Ab dem Schlußklang jetzt, mit dem diese Geschichte anhebt, soll sie freilich keine Musikantin mehr sein, nur noch, bis zum Ende der Geschichte, die und die.

Und nun sehe ich sie auch. (Es wurde Zeit.) Nicht auf der Bühne ist sie mir in den Blick geraten – als sei solch ein Bild für das Gedächtnis tabu –, vielmehr hier auf der Hinterbühne. Fast zugleich mit dem allgemeinen Aufschrei ist sie hereingekommen; hat sich gezeigt. Von den vereinzelten Leuten da sind die, welche saßen, schon vorher aufgestanden, stumm, und lassen sie nun ebenso stumm an sich vorbeigehen, wie durch ein Spalier. Der immer noch nicht verklungene Klang oder Zusammenklang von vorhin hätte auch das Werk eines Mannes sein können. Aber das hier ist eine Frau wie nur je eine. So schnell war sie vorbei auf ihrem Weg in die Garderobe, daß von ihrem Aufzug kaum etwas zu erkennen war. Sie erschien auch ohne Schweiß, oder nasse Haare, wanderte herein auf die Hinterbühne gleichsam aus dem Nachtwind, und ist auch schon da durch und weitergewandert, dabei spürbar alles im Blick; denn wie sonst hätte sie, die anscheinend nur geradeaus schaute, etwas einem der Techniker Entfallenes, einen Knopf? eine Münze?, auf dem Boden wahrgenommen, es aufgehoben und ihm, dem »Richtigen«, im Vorbeiwandern zugeworfen?

Dann steht sie in der Garderobe, auch diese ausgeleuchtet fast wie eine Bühne. Wie aus großer Ferne wird hörbar das anhaltende Schreien des Publikums. Sie steht an der Tür, gerade hereingekommen und schon wieder dabei, zu gehen; umgezogen und aufbruchsbereit. Oder hat sie sich erst gar nicht umziehen müssen, setzt sich jetzt bloß eine Mütze auf und legt sich einen Mantel um? Ist mit ihrem Straßenzeug auf der Bühne erschienen und macht sich in diesem wieder davon? Ein Ansatz zu einem Rhythmus geht auf sie über, ein völlig anderer als der des Schreiens und Klatschens aus der Ferne, ein eher gegenläufiger, wie widerwilliger; bricht gleich ab. Ziemlich dunkel: so ahne ich im Moment ihre Augen, fast finster. Es ist, als halte sie sich dann die Ohren zu, nimmt die Hände dabei aber immer wieder weg, trommelt sich nun auf den Kopf. Die ganze Garderobe, mit ihrem Gesicht im Spiegel, links und rechts und im Rücken weitergespiegelt, erscheint unräumlich, und das nicht bloß wegen der Spiegel, eine vielfach verschachtelte Fläche, sich selbst reflektierend, und hier im kleinen, dort im großen, oder im schiefen Winkel, verzerrt, auf den Kopf gestellt sich wiederholend.

Und wieder sehe ich sie stehen, draußen auf einer Straße, allein. Sie wartet, ohne zu warten. Es ist spät in der Nacht, und wiederum, wenn nicht tag- so fast bühnenhell. Eine recht große Stadt muß das sein. Das Lichterdurcheinander der Fahrzeuge und der Reklamen, zusammen mit den stark vermischten Geräuschen – die nahen jetzt wie fern, die fernen jetzt wie in der Ohrmuschel selber, insgesamt ein Krach –, gibt von neuem den Eindruck von Flächigkeit anstelle des Raums. Was ist unten? Was ist oben? Der Vollmond geht auf unterhalb einer ebenso runden, nur kleineren Verkehrsampel. In den Regenlachen des Asphalts in einem fort das Blinken der Nachtflugzeuge und der Satelliten. Sie hält sich abwechselnd die Augen und die Ohren zu, scheint zugleich auch damit zu spielen, für ein Hör- wie Schauspiel in einem. Ein großes Auto ist dann auf sie zugerollt, mit abgeblendeten Scheinwerfern, jetzt kurz aufblendend. Eine hintere Tür wurde ihr aufgehalten. Sie ging um den Wagen herum und stieg vorne ein. Die Limousine fädelte sich ein in den nächtlichen Verkehr, und mit ihrer Langsamkeit schienen auch alle die anderen Fahrzeuge sich zu verlangsamen.

In der Limousine. Nacht. (Freilich: wenn es in der Geschichte hier Nacht ist, spielt in diese immer wieder auch etwas von einem hellichten Tag mit hinein, so wie umgekehrt, wenn es Tag ist, noch und noch Nachtwinkel und Nachtschatten mittun.) Sie und der Fahrer. Allgegenwärtig ein leichter Wind, auch im Inneren des Gefährts. Draußen die Straßen sind belebt von Passanten wie zur Stunde eines südlichen Korso, obwohl die Stadt eher eine heutige Allerwelt darstellt, ohne ein Zeichen von Südlichkeit, etwa Palmen oder venezianische Löwen. Ab und zu hat sich ein Gesicht aus der Menge von außen den Scheiben genähert, anfänglich mit einem neugierigen Starren, das sich angesichts der Passagierin drinnen jeweils in ein Staunen verwandelte, wozu ein sofortiges Zurückweichen gehörte. Der Fahrer ist ein noch junger Mann, als eine Art Uniform weiße Handschuhe, und eine Kappe, die sie ihm gleich abnahm, so wie sie auch auf der Stelle das Radio abschaltete, was beides zu einem gemeinsamen Ritual zu gehören schien.

Und etwa so läßt sich der Fahrer dann hören: »Zu Ihrem Abschied von unserem Land möchte ich Ihnen etwas sagen. Ich war in allen Ihren Konzerten hier. Ihr letztes Konzert heute war etwas ganz Besonderes. Aber auch die anderen Abende waren etwas Besonderes und, ich weiß das, nicht bloß für mich. Sie wollen einem mit Ihrem Musizieren etwas geben. Auch wenn Sie zeitweise stumm sind und ich Sie nur noch in der Einbildung höre, geben Sie, entäußern Sie sich, teilen Sie sich auf für unsereinen – oft gerade dann. Ohne sich zu verausgaben, geben Sie, und wie. Oder nein: Sie verausgaben sich doch, wie nur je ein Musiker, aber so anders als die Musiker, die ich kenne, und ich kenne sie alle, alle. Auch die möchten geben, sich selber. Sie aber geben nichts, rein gar nichts von sich selber, sondern ich weiß nicht was. Es geht bei Ihnen keinen Ton oder Takt lang um Ehrlichkeit, oder gar Wahrheit, sondern um – ich weiß nicht was. Ich habe mir abgewöhnt, Wir zu sagen. Ich habe mir jedes Wir sogar verboten. Aber Ihre Musik hat mein Wir neubelebt. Wir, ja, wir sind von Ihren Konzerten gemeinsam weggegangen, ein jeder in seine Richtung, oder, umso besser, in gar keine Richtung, bloß keine Richtung, und bloß nicht nachhause.«

Der Fahrer hat mittendrin eine Platte oder Kassette eingelegt, wieder wie im Ritual, die von ihr nach dem ersten Ton gestoppt wird. Und er spricht dann weiter: »Vielen Sängern, und mehr noch Sängerinnen, wird eine warme

Stimme nachgesagt. Bloß ist das oft die falsche Wärme. Eine angetrimmte Wärme. Eine Wärme mit Botschaft. Ihre Stimme ist anders warm. Längst zähle ich sie nicht mehr, die Stars, die ich gefahren habe, durch mein Land. Sie hier sind die erste, die für mein Land Augen gehabt hat, auf den Seitenstraßen und auf den Zwischenstrecken, da besonders. Ihre Stimme, die kommt aus Ihrem Schauen. Und wie Sie geschaut haben all die Zeit lang. Dabei war das kein warmer Blick. Ihre Art Schauen war finster, und es hat mir Angst gemacht, eine seltsame Angst. Erst mit Ihrer Musik übertrug sich dieses Drohen als Wärme, und blieb doch im Unterton Drohung. Wir sollten laut ihm alle verschwinden von hier, abhauen von hier. Und dabei hat Ihr Drohen, anders seltsam, mir Lust gemacht, aufs Abhauen, aufs Weggehen, und überhaupt auf das Gehen. Und stattdessen fahre ich, und fahre, und fahre.« – Sie: »Und wen werden Sie als nächsten durch Ihr Land fahren?« – Der Fahrer: »Fürs erste niemanden mehr. Es kommt der Winter, und die Sänger bleiben im Süden. Und hier ist alles andere als der Süden.«

Sein Reden ist übergegangen in eine Art Singen: »Sie waren unsere Vorwintersängerin. Nach Ihnen bleibt uns nur noch der Heimweg. Verdammter Heimweg. Auch lang nach Mitternacht. Auch auf mein Bootshaus am Fluß. Meine Eltern waren Indianer. Ah, wär ich ein Indianer. Wär ich ein Indianer, ich wüßte wohin, am Morgen wie am Abend, am Tag wie in der Nacht. Nur sind meine Eltern tot. Und die Indianer sind in einem anderen Land. Und alle Indianer sind tot.« Sein Lied ist zuende: »Sie steigen aus wie üblich?« Sie hat genickt, und er hat gehalten: »Und morgen früh zum Flughafen?« Darauf sie: »Schlafen Sie sich aus.« Darauf der Fahrer: »Winterschlaf. Mein Winterschlaf. Unser Winterschlaf bis zum nächsten Konzert. Schön wär's. Durch die Musik dem Haus entkommen! Den Häusern!« Und unversehens läßt er sie jetzt aussteigen, drängt sie fast aus dem Auto, schlägt hinter ihr die Tür zu und prescht auch schon, mit einem Reifen einen Bordstein schrammend, davon, ins Zentrum? auf der Flucht? auf einer Verfolgungsjagd, ins Leere?

Sie hat dann allein den Kassenraum eines Kinokomplexes betreten, wo nachtlang die Filme laufen. Nicht nur durch die vielfachen Spiegelungen, die Plakate, die einsam blinkenden Spielautomaten entsteht wieder das Bild eines unfaßbaren Raums. Sie hat eine Karte gelöst und ist in einem der Dutzend Säle verschwunden.

Im Kino sitzt sie in einer der vorderen Reihen, dem Anschein nach die einzige Zuschauerin. Die Reihen vor ihr sind allesamt leer. Die Leinwand, wie früher die Bühne, gerät mir nicht in den Blick. Dafür sehe ich, was darüber, darunter, daneben ist, EXIT, TOILETTE; ein Trompe-l'œil-Gemälde von einer Loge mit einem da hineingemalten stillen Zuschauer. Geräusche jetzt, wie von einer heftigen Liebesszene. Sie wendet sich um: fast nur alte und uralte Zuschauer sitzen da dichtauf in den letzten Reihen, ein jeder vollkommen reglos, hier und dort einer oder eine – es gibt auch greise Paare – mit Mänteln und Hüten. Mumienhaft wirken sie in der Starre der Gesichter, samt den tief darin eingesunkenen, keinmal blinzelnden, glasigen Augen, während von der Leinwand ein sich verstärkendes zweifaches Atmen und in der Folge ein einzelnes sanftes Lachen kommt. Die Alten, hier und dort einer oder eine auf einen Stock gestützt, bleiben unberührt, bis auf einen, der mitlächelt, von Herzen. Könnte auch ich dieser eine sein? Und sie? Sie geht aus dem Saal, jedoch nicht aus dem Kino, sondern in einen benachbarten Saal.

Auch dort ist die Leinwand unsichtbar. Umso vordringlicher der Ton: Knall und Fall, Schreien, Toben, Bersten, Röcheln, Explosionen, noch und noch, Knattern, Rattern, Todesgurgeln, Weiterknattern, -explodieren, und so fort. Ins Bild kommt mir dazu allein das sprunghaft wechselnde Licht auf den wieder leeren Stuhllehnen vor ihr, die Lichtsprünge auch an den Seitenwänden des Kinos, dazu die stillen Bodenlichter an den Stufen, für jede Reihe eine Stufe, diese Lichter wie die einer Landebahn. Und auch hier wird sie sich dann umwenden: Im Saal da sind noch mehr Zuschauer als im vorigen, und allesamt sind sie sehr jung, mit ein, zwei wie dazuverirrten Älteren darunter. Junge wie Ältere haben gleich große, weitaufgerissene Augen, und den meisten steht der Mund offen. So ähneln sie sich nicht bloß, sondern gleichen einander zum Verwechseln, und auch die Bejahrteren erscheinen alterslos. Einer der Zuschauer ist fast noch ein Kind, und allein es bemerkt ihren Blick über die Schulter, und schaut groß zurück, anders groß als die von den Filmaktionen Gebannten, ohne die aufgerissenen Augen. Dann folgt das Kind ihrem Blick und beäugt, zur Rechten und zur Linken und hinter sich, seine Nachbarn, wendet sich danach wieder ihr zu. Könnte auch ich so ihrem Blick folgen? Ist das jetzt ein beiderseitiger Komplizenblick? Wenn, dann kein verstohlener – ein ernster, klarer, vielleicht auch belustigter. Dazu ihre Stimme, wie im Vorklang zu einem Lied: »Wenn ein Kind einmal zu reden anfängt .... ah, wenn ein Kind einmal ins Reden kommt .... ah ....«

Diese Nacht, nach dem letzten Konzert vor dem Winter, wird eine besonders lange gewesen sein. Noch einmal jetzt die Allerweltstraßen mit dem Nachtwind, der sichtbar wird an den meist schon kahlen Bäumen und den Kleidern und Haaren der vereinzelt noch Gehenden, mehr noch den still Stehenden, die inzwischen fast in der Mehrzahl scheinen. Und wieder die Tageselemente da und dort, vor allem in den meist bei greller Sonne spielenden Nachtfilmen in den Fernsehergeschäften und an den Meeres- und Wüstenreklamen, sich endlos wiederholend auf den riesigen Projektionsflächen oben auf den Hochhäusern. Schneisen wieder derart von Tageslicht quer durch die Nacht. Tagnacht all die Zeit. Dabei ist kaum mehr Verkehr; fast nur noch eher leere Busse, in den Glasfassaden gespiegelt, so daß mir in meiner Vorstellung die Richtungen durcheinandergeraten.

Auf einmal haben es die paar noch Dahinschlendernden und Herumstehenden eilig. Sie, auf die es mir ankommt, wird mehr und mehr überholt, von Laufenden, Rennenden, sich Sputenden. Das könnte ansteckend wirken. Sie dagegen läßt sich, ganz im Gegenteil, noch mehr Zeit. Je rascher die anderen unterwegs sind, desto langsamer wird sie, fällt entschieden zurück. Und es wird derart in der Gleichförmigkeit der Passanten diese und jene gegenläufige Gestalt sichtbar: Ein sehr alter Mensch, im Mantel, darunter ein Schlafanzug, lehnt jetzt an einer Hauswand, schwer atmend, die Augen in

Todesangst, sich zugleich um ein Lächeln bemühend und über den Ansturm der Angst zugleich verwundert den Kopf schüttelnd. Ein anderer, der sie überholt, zeigt ihr dabei wie mit Absicht sein Profil, ein tropfnasses, in der doch staubtrockenen Nacht. Ein Zeitungsverkäufer kommt ihr entgegen, mit einem Exemplar der Morgenzeitung wedelnd und in einem fort ins Leere rufend: »Der Ewige Friede ist erklärt!«, während die Schlagzeile das Gegenteil besagt: »Das Grauen!« Und ihm folgt ein anderer nächtlicher Rufer: »Historischer Augenblick: Erster Menschheitstag ohne einen Toten! Rückkehr ins Paradies!«, während die Schlagzeile, mit der er seinerseits fuchtelt, wieder vom geraden Gegenteil kündet. Auf einer Bank am Straßenrand sitzt rauchend, mit verklärtem Gesicht, eine schöne Frau und läßt auf einmal ein Schluchzen des äußersten Elends hören, verstummt dann, raucht, findet zurück in ihre Verklärung, und schluchzt, zugleich Rauch ausstoßend, von neuem los. Jemand anderer ist wohl unterwegs zu seiner Nachtarbeit und läßt sich sehen mit seiner Aktentasche, aus der die Thermosflasche schaut; dazu der Mantel falsch zugeknöpft, und einer der Hosenträger über dem

Mantel; dazu ohne Unterlaß, zwischen den Zähnen hervorgestoßen: »Krepier. Krepieren sollst du. Krepiert – alle.« Und einer, der ein Parterrefenster aufreißt und ein Teleskop in den finsteren Himmel richtet. Und einer, der in einem Rinnstein auf dem Bauch liegt, die Hände auf dem Rücken in Handschellen, und das Gesicht hin und her wendet, ein fein Angezogener, in dunklem Anzug, weißem Hemd und in weißen Handschuhen – ist das nicht der Fahrer von vorhin?; auf seinem Hintern ein Polizistenstiefel. Und ein womöglich noch feiner Gekleideter, der im Abfall stöbert, den Arm bis zur Achsel in der Tonne. Und die Dame im Nerzmantel und Kaschmirschal, die im Zickzack von einer dieser Gestalten zur anderen geeilt ist und einem jeden einen ihrer Blumensträuße zum Verkauf angeboten hat, und sich schließlich auch über eine Mülltonne hermacht und bis zur Hüfte darin verschwindet. Und der junge Bettler auf einer Straße ohne Gehsteig, der da hockt vor seinem handgeschriebenen Bettelschild, die Schrift »Ich habe Hunger« ihm selber zugekehrt. Als sie ihm einen Geldschein hinlegt, achtsam, sein Aufblick zu ihr, als kennten sie einander seit langem, und als sei das jetzt ein unverhofftes Wiedersehen. Umgekehrt ein anderer Bettelsmann, der gerade eine Champagnerflasche entkorkt. Und dann noch ein dritter Bettler, der ihr, aus dem Dunkel heraus, heischend den Weg abschneidet und den sie anherrscht mit einem halb gesungenen »Hau ab. Verschwinde endlich von den Straßenecken.« Und davor oder danach die Nachtwandertruppe, ein Haufen älterer Frauen und Männer, für jede Witterung und jeden Ernstfall gerüstet, die unversehens weggerempelt und auseinandergewürfelt wurde von einem noch viel älteren einzelnen Nachtwanderer, in einem motorbetriebenen Rollstuhl, an dem gewaltige Jakobsmuscheln hingen und heftig aufeinanderklirrten, und dazu sein Ausrufen, ähnlich dem der Zeitungsverkäufer: »Sich nachts auf den Weg machen, heißt, sich allein auf den Weg machen. Alles, was zu wissen ist, wird nachts herausgefunden. Alles, was zu wissen ist, wird allein herausgefunden.« Und irgendwo, irgendwann auch der eine, der sich mit einem Feuerzeug anzuzünden versucht hat, es dann an dem Rücken eines an ihm Vorbeigehenden versucht, und es schließlich an einem Gegenstand, einem Plakat? einem Karren? versuchen wird: sofortiges Lichterloh. Und jener Schatten, geworfen auf ein Kirchenfenster von innen her, Schatten einer Statue, der da plötzlich, als sie vorbeiging, aus dem Konturlosen auftauchte und ein paar Schritte weiter, geradeso plötzlich, wieder verschwunden war; nichts als das leer leuchtende Fenster. Und dann noch der besonders Abgerissene, der mitten in der Nacht ein paar Schulkinder heimbringt, die ihm willig, ja freudig folgen, mit Hüpfschritten. Ist so etwas denn möglich? Ja: Es ist eine Zeit, in der so viel möglich war wie vielleicht noch nie, im Bösen und im Guten, und vor allem im Unerhörten; geheimnisvolle Zeit, in der jetzt etwa lang vor dem Morgen der Tauregen aus einem Baum klatscht. Und was sehe ich jetzt dort? Eine Gestrandete auf einem Gehsteig, mehr liegend als sitzend, im eifrigen Gespräch mit einer zwillingshaft ähnlichen Gestalt neben sich, die dann aber ein Graffito ist, eine Handbreit entfernt an den Gebäudesockel geschmiert.

Irgendwann habe ich sie auf diesem nächtlichen Weg auch aus den Augen verloren. Dafür freilich ließ sie sich zuletzt hören, ungefähr so: »So schwache Knie, und ein so weiter Weg noch ...

Mäuse in den Wangen? die Seele verloren? … Bei der zunehmenden Zahl der Vermißten: wer wird denn dich, und den, und die da eigens vermissen? … Ein Wunder eigentlich, daß so viele von uns am Abend zurück nachhause finden, nicht wahr? … Ein Wunder eigentlich, wie wenige es sind, die Tag für Tag verloren gehen, nicht wahr? … Besser ein erklärter Krieg als all die unerklärten, nicht wahr? … Besser ein aufgeschlitzter Bauch als so eine Nacht, nicht wahr? … Ein Ausgangsverbot würde dir wieder auf die Beine helfen, nicht wahr? … Vor noch nicht langer Zeit waren dir Zukunft und Freude noch eins, vor noch nicht gar so langer Zeit, nicht wahr? … Ach, Zukunft, ach, Freude, ach, Zeit, ach, Kind … Du zitterst, er sie es zittert, wir zittern, sie zittern … Das Schilfrohr in den Fahrradspeichen, wo ist es, he du? … Die Blutegel im Bootsschlamm, he, wo sind sie, wo? … Der Nagel, der mit dem ersten Schlag bis zum Kopf im Holz saß: so ein Schlag, kommt der noch einmal wieder, he du? … Keine Unbekannten mehr … Nur noch Fremde … Ah, bevor die Fremden kamen …«

Und endlich sehe ich sie wieder. Da ist sie. Da steht sie. Da geht sie, mit dem Rücken zu mir. Der letzte, der ihr in dieser Nacht begegnete, war, in einer Seitenstraße – aber mir ist, als habe sie sich auch vorher ausschließlich durch Seitenstraßen bewegt –, einer aus ihrer Musikgruppe. Er, auf dem Kopf einen Hut, an dem etwas wie eine Falkenfeder steckt, geht da kreuz und quer mit einer übergroßen Gitarre, die er in einem Reisesack auf dem Rücken trägt – es könnte auch ein Cello sein? Er ist sichtlich fremd in der Stadt, wie er durch die Nachnachmitternacht irrt, aber solch Fremdgehen scheint ihm zwischendurch auch eine Art Antrieb zu geben; zeitweise werden Tanzschritte daraus.

Sie ist ihm von einer Seitenstraße zur andern unbemerkt nachgegangen. Auf einem Seitenplatz schließlich ruft sie ihn von hinten an mit einem: »Du hast etwas verloren.« Ohne Überraschung dreht er sich nach ihr um und reagiert auf ihren Anblick mit einem: »Endlich«, wozu er kurz auf das Instrument im Tragsack schlägt; kurzes Dröhnen. Sie hält ihm ein stark angekohltes Buch, ohne Deckel, hin. Seine Antwort: »Das gehört nicht mir«; worauf sie den Buchrest zu sich steckt, behutsam, fast ehrfürchtig.

Sie und der Gitarrist, der nicht mehr gar jung ist, in der letzten noch offenen Bar, auf dem Seitenplatz oder sonstwo. Es ist nicht mehr lange bis zum Schließen. Keine Musik, oder die Aufräumgeräusche als Musik. Vernehmen läßt sich der Gitarrist: »Du gehörst niemandem. Von Anfang an, als wir unterwegs waren, ist das jedem klar gewesen. Dabei bist du so gar nicht unnahbar. So nah wie dir habe ich mich höchstens einer Frau im Traum erlebt. Was ein Mann ist, wußte ich da nicht mehr, habe es im übrigen nie gewußt, aber was eine Frau ist: ja! Und diese Nähe, dieses – Einverleibtsein, es kam nicht nur von unserem Zusammenspiel, nicht nur. Und alle die Zeit hat es mich gedrängt, diese Momente von Nahsein, wie soll ich sagen? zu legalisieren? – ja, zu legalisieren. Es war gefordert. Es stand geschrieben. Bloß war es keinmal die Zeit. Aber jetzt ist sie da, unsere Zeit, unsere Nacht, unsere Abschiedsnacht. So hilf mir. Laß mich nicht so weggehen. Laß mich heute nacht nicht allein. Brennend heißer Wüstensand. Fern, so fern vom Heimatland. Nimm mich mit. Laß mich mit dir gehen.«

Er hat mitten im Reden zu lachen angefangen und auf seinem verhüllten Instrument ein paar Akkorde gespielt. Sie betrachtet ihn lange, nickt, schüttelt den Kopf, nickt: »Nein. Du bist es nicht.« – Und er, sofort: »Ich hab's gewußt. Ich hab's gewußt. Ich hab's gewußt!« (Dazu das Schlagen auf den Klangkörper.) – Und wieder sie: »Nicht du. Nicht gestern, nicht heute, nicht morgen. Keine Nacht, keine einzige, kein Tag, kein einziger. Keine Angst, du bist es nicht. Kannst froh sein, daß du nicht in Frage kommst, daß ich dich nicht mit mir nehme, daß ich dich schön allein lasse, heilfroh. Eines Tages wirst du mir dankbar sein. Entkommen! wirst du denken. Die Liebe der Frauen ist schrecklich. Ich weiß das von meiner Mutter und ihrer Liebe zu meinem Vater. Aber meine Liebe wäre noch ganz anders schrecklich. Ah, du bist gar nicht enttäuscht, oder? Bist vielmehr erleichtert. Weil du gesagt hast, was du zu sagen hattest. Bist sogar stolz, oder? Denn so hast du noch nie gesprochen, Partner, oder? All deine Energie hast du verwendet für deine Anfangsstrophe gerade, und bist jetzt so zufrieden mit dir und der Welt, wie du es anders nie geworden wärst, oder? Kann sein, so kommt von dir doch noch der Song, den du seit Jahren immer bloß ankündigst.« – Der Gitarrist: »Gehörst du demnach einem?« – Sie: »Ich gehöre niemandem. So steht es geschrieben. Aber einer gehört mir. Wird mir gehören. Einer. Bald schon. Demnächst. So steht es geschrieben. Er weiß es bloß noch nicht. Wehe ihm. Wohl ihm.« – Der Gitarrist: »Er muß also Angst haben?« – Sie: »Ja. Eine ganz besondere Angst.« – »Angst vor dir?« – »Angst vor uns beiden. Angst vor etwas Drittem. Die Angst Angst. Und zugleich kann er sich glücklich schätzen.« – »Und du, bist du glücklich?« – »Ja. Zum Sterben glücklich – so sagt man doch, oder? Ein treffender Ausdruck für das äußerste Glück, oder? Todglücklich.« – »In deinen Liedern gibt es sonst nirgends ein Wortspiel.« – »Das ist kein Wortspiel.« – »Sag, was hast du vor?« – »Ich darf es nicht aussprechen. Weder vor dir noch vor sonst jemand. Sowie ich es ausspräche, hätte ich es dann auch zu verwirklichen, auf der Stelle. Gesagt, getan. Unausgesprochen, bleibt es Gedankenspiel. Aber wie sind meine Gedankenspiele ernst, und das jetzt ist darüber hinaus noch gefährlich. Weißt du: seit jeher haben in mir noch und noch Gedankenspiele rotiert, solche und solche. Sind in mir Karussell gefahren, verlokkend, bedrängend. Und ab und zu habe ich dann eins dieser Gedankenspiele ausgesprochen, laut, vor anderen, in Gesellschaft, habe es sehen lassen. Ganz beiläufig ist das in der Regel gekommen, wie gegen meinen Willen. Einmal ging es dabei um wenig: sagen wir, um eine Nacht allein im Wald. Aber indem ich mein Gedankenspiel geäußert hatte, war ich dann auch verpflichtet, es zu verwirklichen, zu handeln: Ich verbrachte umgehend eine Nacht allein im Wald. Noch öfter freilich hat so ein Aussprechen mein weiteres Leben bestimmt. So etwa gab, oder drehte sich, in mir schon sehr früh das Gedankenspiel, eines von vielen, vielen, von meiner Mutter, überhaupt von zuhause, wegzugehen, am besten gleich morgen (und dazu, genauso häufig, das gerade entgegengesetzte, ewig zuhause, auf ewig bei der Mutter zu bleiben) – und sowie diese Auf-und-Davon-Gehen-Phantasie mir eines Tages entschlüpft war, ich sie aussprach, vor einem Freund? einer Freundin?: – Auf! Weg! – kein Zurück mehr möglich – und das mußte so sein. Immer wieder habe ich auch in Gedanken getötet, und dann und wann hätte ich das beinahe ausgesprochen, um ein Haar ... So verleite mich jetzt nicht zum Reden.« – Der Gitarrist: »Wo wirst du sein im Winter?« – Sie: »In meiner Kindergegend. Oder nein, in der Nachbargegend. In der Gegend gleich nebenan, hinter dem Kindheitsfluß, hinter dem Kindheitssee, hinter dem Kindheitshügel. In der Gegend hinter meiner Gegend. Überall sonst, kommt mir vor, bin ich schon gewesen, in Alaska, auf Guadelupe, auf Madagaskar, überall auch hier in Europa, sogar in der Schweiz und in Österreich. Aber durch das Land jenseits meines Kinderwalds bin ich seinerzeit höchstens durchgefahren. Ich weiß von der Landschaft nichts, oder bloß so vom Hörensagen, zum Beispiel: Dort ist der Winter noch Winter. Oder: Es ist eine Auswanderer-Gegend – ob nun die Leute von woanders nach dort ausgewandert waren, oder von dort woandershin auswandern wollten? Das Einzige, was ich noch weiß: Der Untergrund dort besteht bis in die tiefsten Tiefen aus Salz – Kali. Es soll dort einmal ein großes Meer gewesen sein. Und dieses Salz wird abgebaut – auch im Sommer ein schneeweißer Bergrücken mitten in der Ebene. – Frag mich weiter.« – »Und was wirst du dort tun, außer –?« – »Ein Lied schreiben, ein letztes, ein vorletztes, ein vorvorletztes, wie seit je.« – Der Gitarrist hat dazu angefangen, auf seinem verhüllten Instrument einen Rhythmus zu klopfen, worauf sie ihn unterbricht mit einem: »Kein Ton mehr in diesem Jahr. Keine Musik. Schluß mit der Musik im Winter.« – Der Gitarrist: »Du hast ja Angst.« – Sie: »Ja. Vor mir selber. Seit jeher. Mehr oder weniger. Je nachdem. Und jetzt frag nicht mehr weiter. Hau ab. Verschwinde. Geh hin in Frieden, ohne mich, allein. Meinen Segen hast du.« – Er: »Laß mich wenigstens dein Komplize sein.« – Sie: »Kein Komplizentum. Entweder-Oder.« Und nach und nach geraten beide in ein herzhaftes Lachen.

Am Ende freilich gerät der Gitarrist noch einmal allein in den Blick, wie er draußen irgendwo sein Instrument zertrümmert, an einem Straßenbaum; dazu ein Aufbrüllen, das nicht aus ihm allein zu kommen scheint, oder doch: aus ihm ganz allein?

Sie wird dann, ihrerseits allein, die letzte, oder die erste?, Metro genommen haben. In dem Wagen sitzen sonst fast nur Schlafende. Auch die mit den offenen Augen scheinen zu schlafen. Und ein jeder schläft anders, in einer anderen Haltung, in einem anderen Winkel, ohne eine Parallelität zwischen den Körpern oder sonst eine Gleichförmigkeit. Sie ist die einzige, die steht, wie auf Wache, und ich sehe ihre Lippen sich bewegen. Der Blick geht in den nächsten Wagen mit einem ähnlichen Bild von Schlafenden und Halbschlafenden, und weiter in den übernächsten Wagen, und weiter, und weiter.

Immer noch Nacht. Jetzt erst die Nacht, die tiefe, tief wie nur je eine. Und im Nachtwind zeigt sich die, um die es sich dreht, draußen auf dem Balkon ihres Hotelzimmers. Abwechselnd schaut sie hinein in den Innenraum und hinaus in den Nachtraum. Innen der Fernseher mit dem sogenannten »Teletext«; außen: der Sternenhimmel, gar schwach freilich, samt dem wieder untergehenden Mond; Stille, Letzte-Blätter-Rauschen, Kahle-Zweige-Sausen. Dann tritt sie ins Zimmer zurück und drückt in Abständen auf die sogenannte »Fernbedienung«, wobei sie jeweils, kaum daß das Bild erscheint, umschaltet. Der Ton aber ist jedesmal sofort klar da, und jedesmal, von Kanal zu Kanal, fast identisch: ein offenbar durchweg fröhliches, aufgekratztes, durcheinanderredendes, im Chor lachendes, in einem fort beklatschtes Palavern folgt auf das andere, harmonisch sogar in so manchen Anklängen von Streit und Widerspruch. Nur auf einem Kanal jetzt nichts als, groß, ernst, stumm, das Gesicht eines Mannes, welcher einen fußballgroßen Salzbrocken in die Kamera hält. Sie tritt näher – fast ist es ein Laufschritt gewesen: Der Mann steht nun auf der Kuppe eines weißen Salzbergs. Er lächelt. Die Zuschauerin lächelt desgleichen, genauso wie er dort, vor einem wie schneeverhangenen Himmel. »Kali«, mit diesem einen Wort läßt er sich zuletzt doch noch hören, im Kreis sich wendend zu dem Salzberg, das Wort wiederholend, wie in Zärtlichkeit, fragend dann? oder sich erinnernd?: »Kali ...«, und am Ende die Zuschauerin gleichsam frontal erwidernd: »Kali!«

Sie hat das Gerät ausgeschaltet, und in einer nicht gar entfernten Hochhausfassade geht nun das erste Licht an. Jemand tritt an das Fenster. Und sie: »Da stehst du ja wieder.« Und nach dem Blick auf die Silhouette der Blick hinab auf die Straße, oder den Platz, wo zwei gerade wild aneinandergeraten, mit den Fäusten, nachdem sie sich zuvor, unter Gebrüll, mit Steinen und anderem beworfen haben: »Ah, da prügelt ihr euch ja wieder.« Und danach der Blick hinab auf die ersten zwei, drei Wartenden unten an einem Bus- oder Tramhalt: »Und da wartet ihr ja wieder.«

Die Stadt dann im Morgenlicht hat wenig mehr von dem Anschein der nächtlichen Metropole. Der von einer Allerwelt freilich ist geblieben. Der Blick aus dem Fenster geht jedenfalls auf kein Zentrum, und schon gar nicht auf irgendein historisches, sondern eher auf das wie regellose Durcheinander, das wie zufällige Groß und Klein von Zwischenbezirken, hin zu den Rändern, die keine Ränder sind, vielmehr ein wie grenzenlos Weitergewürfeltes, bis hinein in die fernen, alpen- oder pyrenäenhohen Bergketten, die trotz ihrer Höhe nichts mehr von Gebirgen haben, wo da und dort schon Schnee liegt, vordringlich freilich, fast einzig, auf den

Schipisten, ein Schnee, der, auch wenn er gerade frisch gefallen sein mag, keinen Eindruck von Schnee gibt. Wien kann das also wohl nicht sein? Zürich? Oder, warum nicht, Innsbruck? Oder vielleicht Perpignan? (Aber da würde ich das Meer spüren und zumindest die eine oder andere Palme gewahren.) Oder, Gott bewahre, gar Salzburg? (Doch warum eigentlich nicht? Auch dort gibt es Zwischenbezirke einer Allerwelt, einer zudem besonders allerwelthaften, und auch dort Konzerte mit Musik der ganz anderen Art.) Und weiterhin habe ich vor mir Streifen von Nacht, die jetzt das Tageslicht durchziehen, wie in der Nacht zuvor umgekehrt. Und das wird wohl so bleiben bis zum Ende der Geschichte.

Nur, wo ist sie, die eingangs Musikantin Genannte? Da: unauffällig in der Menge eines großen, windigen Bahnhofs – auffällig höchstens, indem sie fast ohne Gepäck unterwegs ist. Dieser und jener der Reisenden meint sie dann doch zu erkennen, oder zu kennen, stutzt. Nein, das ist sie nicht. Sie ist es nicht. Sie ist es nicht mehr. Und so zeigt sie sich auch nicht mehr im Jetzt und Jetzt, im Hier und Hier – so erst sehe ich sie in der Geschichte. Es kann also losgehen?

Im Fernzug, am Fenster, hat sie das in der Nacht gefundene, angekohlte Buch aufgeschlagen, in dem schon ein Lesezeichen steckt: die Hutfeder des Gitarristen. Eine Kapitelüberschrift: »Un pays dont nul ne revient«. Dazu dann die folgenden Zeilen:

»Tant mar i fustes, biax dolz sire,
Tant es granz domages de vos;
C' or seroiz aussi come nos
Et an servage et ab essil.
– Et dom estes vos donc? fet il.
– Sire, de vostre terre somes …
Que nul estrange ça ne vienent
Qu'a remenoir ne lor covaigne
Et que la terre nes detaigne;
Car qui se vialt antrer i puet,
Mes a remenoir li estuet.«

Während der Finger der Leserin den Zeilen nachging, bewegte sie wieder die Lippen, und allmählich wurde dazu ihr Übersetzen hörbar:

»Ein Land, aus welchem keiner wiederkehrt: Ein Unglück war's für Euch, daß Ihr hierher kamt, schöner sanfter Herr, ein großer Schaden für Euch. Denn wie auch wir hier werdet Ihr in Sklaverei und im Exil sein. – Und Ihr da, Ihr seid von wo? hat er gefragt. – Herr, aus Eurem Lande sind wir ... Fremde hier ... Und ein jeder Fremde, der hierherkommt, muß hier bleiben. Dieses Land, es gibt ihn nimmer frei. Jeder kann es betreten nach Belieben. Aber dann, dann muß er bleiben. Euer Schicksal ist besiegelt, niemals, denke ich, kommt Ihr von hier mehr weg.«

Sie hat von dem Buch aufgeschaut in das wegflitzende Land, in welchem kein Detail faßbar wird, auch keine Aufschrift, kein Bild, keine, gleichwelche, Form oder Gestalt. Umso geformter dagegen ihr Gesicht, die Züge von einer traumwandlerischen Entschlossenheit.

Aber das dann ist sichtlich wie hörbar ein anderer Zug, eine andere Art Fenster – vor allem eine grundandere Geschwindigkeit. Die Landschaft zeigt sich deutlich, eine weite, gleichsam abschüssige Ebene mit einigen flachen Hügelrücken, viel Wasser, Bäche, Teiche, Sumpfgürtel, Stricheln der Tropfen eines beginnenden Regens an der Scheibe, Tropfen, einander durchkreuzend, ein Muster wie von gerade entstehenden Schriftzeichen. Und wo ist jetzt wieder sie? Ich sehe sie nicht, höre nur ihre Stimme, weiter lesend-übersetzend:

»Ich werde von hier wegkommen, hat er geantwortet. – Wie? Ihr glaubt an einen Ausweg? – Ja, wenn es Gott so gefällt. Ich jedenfalls werde tun, was ich nur kann. – Dann könnten auch die anderen ohne Bedenken weggehen aus diesem Land, in die Freiheit. Denn es heißt: sowie auch bloß einer von uns ausbricht aus diesem Gefängnis, dürfen dann auch alle die anderen unbefangen und ungehindert sich auf und davon machen.«

Unversehens jetzt das Bild eines Mannes, weißer Helm, leinenweißer Overall, im Stollen eines Bergwerks; ein Rückenbild. Der Mann schwingt mit der einen Hand einen Hammer, wiegt in der anderen einen Salzbrocken. Er wendet sich um: es ist der Mann, den sie in der Vornacht in der Dokumentation gesehen hat.

Ein kleinstädtischer Busbahnhof im Tageslicht. Dieses hat sich in der Zwischenzeit so verändert, daß es scheint, als seien seit ihrem Aufbruch mindestens mehrere Tage vergangen.

Und sie? Sie quert den Vorplatz in einem wilden Regen, und geht so, als gebe es den gar nicht. Und es regnet jetzt in der Tat bloß halb so wild. Keine Blätter mehr in den Bäumen. Laubhaufen. Und auch hier wieder die Spiegelungen: der Bus da, der auf den anderen zufährt und mit ihm zusammenzustoßen droht, ist ein und derselbe; die Silhouetten der Reisenden, die über den Platz gehen, verschwinden mittendrin. Und sie? Sie steht vor einem Anschlag mit Photos von Vermißten, fast nur Kindern. Die meisten sind schon so lange vermißt, daß ihren Gesichtern zweite Gesichter, fiktive, Phantomgesichter zugesellt wurden: so sähen die Verschollenen vielleicht inzwischen aus. Bloß eins der Kinder hat kein Zweitgesicht; es ist erst vor ganz kurzem verschwunden.

Sie wartet auf den Bus, liest im Stehen, wobei sie immer wieder von dem verkohlten Buch aufschaut. Die wenigen Mitwartenden, da und dort im Umkreis, sind jeder für sich, und ein jeder mit erstaunlich großem, auch wie improvisiertem Gepäck. Ein, zwei reden: der eine in ein Mobiltelefon, der andere, genauso laut und im gleichen Tonfall, mit sich selber. Oder nein, auch der erste palavert mit sich selber, angeregt, ein jeder in einer verschiedenen, unverständlichen Sprache. Ein Polizeiwagen fährt, sehr langsam, und noch langsamer werdend, vorbei; dazu jetzt Krankenwagen- und Feuerwehrsirenen, wie in einer Großstadt. Dabei geht doch der Busplatz im Hintergrund gleich über in Kuhweiden – samt das Vorwintergras rupfenden Kühen –, einen Steinbruch, ein Waldstück. Es herrscht Windstille, zu sehen vor allem an der Sträucherreihe am Rand des Platzes. Umso auffälliger jener eine Strauch, der sich in all der Starre ringsum besonders heftig bewegt, oder geschüttelt wird, so als sei vor einem Augenblick jemand, etwas, ein Tier, aus ihm weggestoben oder von ihm aufgeflogen. Ebenso die Reihe von Regenlachen, sämtlich unbewegt, bis auf die eine, die sich wellt und Kreise zieht.

Ein Aufschrei nun. Ein Weinen? Ein Lachen? Jemand am anderen Ende des Platzes wirft sich auf die Knie, in den Schotter und tapst mit den Händen zwischen den Kieseln herum. Es ist eine Frau, an der die Reitstiefel und -hosen auffallen. Der eine oder andere Reisende nähert sich ihr, beugt sich neben ihr hinab, geht in die Knie, hockt sich auf die Fersen und stöbert wie sie in den Steinchen, die man dann gleichermaßen durch die Finger rinnen läßt. Die Reitstiefelfrau wimmert leise, mit einer hohen Stimme fast wie ein Kind, und läßt in einem fort ein »Ich hab's gewußt« hören. Die Leserin schließt endlich das Buch, nachdem sie die Feder hineingesteckt hat, und begibt sich zu der Gruppe. Jemand dort sagt, mit einem fremden Akzent: »Sie hat ihren Ring verloren.« Das Gesicht der Frau, der das zugestoßen ist, als sie nun himmelwärts schaut, erscheint in diesem Augenblick als der gerade Gegensatz zu ihrer Aufmachung. Sie weint nur noch lautlos und läßt sich, auch sie mit einem Akzent, dann hören: »Ein so schmaler Ring, auch am Finger kaum zu sehen. Fast ein Nichts, aber dabei ständig zu spüren, und wie erst vorhin, als er mir entglitten ist.« Und sie macht der so Angesprochenen unwillkürlich Platz, ebenso die anderen. Oben am Himmel fliegt ein Rabe mit einem gelben Tischtennisball – oder ist es ein Stück Kuchen? – im Schnabel, und unten auf dem Erdboden fischt im nächsten Moment eine Hand den Ring da aus dem Schotter. Das stille

Strahlen der Frau dann, die ihn sich neu ansteckt, und alle anderen, die sich mit ihr freuen. Und dazu die Finderin: »Ab jetzt müssen Sie ganz besonders auf ihn achtgeben. Alles, was verloren und endlich doch wiedergefunden wurde, ist in Gefahr, ein zweites Mal verloren zu gehen, und zwar gleich. Und das, was dann ein zweites Mal verloren geht, ist nimmermehr wiederzufinden.« Sie hat dabei in das Buch geschaut, so als rezitiere sie daraus.

In dem fahrenden Bus. Sie. Neben ihr die Frau mit dem verlorenen und wiedergefundenen Ring. Dazu noch der eine oder andere von denen, die vor dem Busbahnhof mitgesucht haben. An den Fenstern ziehen immer wieder Staubschwaden vorbei, einmal dunkelgraue, fast schwarze, dann gelbe, dann weißliche. Oberhalb des Fahrersitzes ein großer Farbfernseher, ein stumm laufender Film mit noch und noch Handlung, jedes Bild eine Aktion. Keiner der Passagiere schaut zu; stattdessen Blicke ins Freie, Lesen, Schlafen. Am Fenster ihr gegenüber ein Paar, ein ziemlich junges. Das Mädchen versucht in einem fort, den Jungen zu küssen, der jeweils im letzten Moment zurückzuckt, ausweicht, wegtaucht. Später das Geschehen dann umgekehrt. Zum Kuß kommt es so und so nicht. Und hören läßt sich dann die Frau mit dem Ring: »So viele Äpfel gibt es in diesem Jahr. So viele wie schon seit meiner Kinderzeit nicht mehr. Nur sammelt sie kaum jemand. Die Leute scheuen zurück vor dem Sammeln. Auch ich schäme mich, fast, wenn man mir zuschaut beim Äpfelaufklauben. Dabei schmecken sie ganz anders als die gekauften.« Sie hat dabei ihrer Nachbarin einen solchen Apfel gereicht und dann selber in einen zweiten gebissen. Und so fährt sie fort: »Mein Mann liegt im Sterben. Heute haben wir uns voneinander verabschiedet.«

Später folgen auf die Staubschwaden Laubschwärme, und auf diese wiederum Eisregen und Hagel. Die mit dem Buch hält der mit dem Ring das Buch hin: »Lesen!« Die Frau mit dem Ring: »Ich habe schon lange jedes Lesen aufgegeben.« Die andere: »Lesen Sie.« Die Frau mit dem Ring fängt zu lesen an, und liest, und liest, und läßt sich endlich hören, mit veränderter Stimme: »Aber das ist ja von jetzt! Das handelt ja klar von heute. Und ich dachte, es gehe um

Längstvergangenes. Es ist die Geschichte von Europa, dem anders aktuellen, von unserem Europa. Jeder noch so kleine Landstrich, von dem das Buch erzählt, jede Furt durch einen Bach, jede Brücke, jede Paßhöhe, jeder Nebenweg, jeder Viehsteig ist jeweils das ganze Europa, steht, liegt, fließt, verläuft in ganz Europa. Und in dieses von damals bis jetzt, und jetzt, andauernde unsrige Europa ist Deutschland ebenso eingebettet wie Flandern, wie die Pyrenäenhalbinsel, wie die Karpaten, wie Konstantinopel.« Und dann liest sie laut: »Mein Herr, Sie haben einen sehr schweren Weg eingeschlagen. Der Weg, auf dem Sie jetzt sind, führt geradeaus zur Brücke des Schwertes.« Und auch sie schaut jetzt von dem Buch auf: »Ich werde meinem Mann daraus vorlesen –«.

Mitten im Satz hat sie gestockt, und an den Busfenstern ziehen Rauchschwaden vorbei, gefolgt von Nebelschwaden, gefolgt von Nachtdunkel, vor dem sich das Businnere spiegelt. Das junge Paar hat die Köpfe aneinandergelegt, bei geschlossenen Augen. Der Busfernseher, im Moment des Weggeklicktwerdens. Die Frau mit dem Ring, im Schlaf der Erschöpfung, der Kopf auf die Schulter der Nachbarin gesunken. Deren weit offene Augen. Und wieder der Mann im Bergwerk, in seiner weißen Kluft wie über Salzdünen wandernd, bei stark diesiger Luft, und einer Empfindung von Hitze ohne besondere Schweißspuren. Die Grubenlampe leuchtet am Helm; Salzstaub auf dem Gesicht darunter, vor allem auf den Brauen, das Knirschen des Salzes, speziell, unter den Füßen. Und dann der Mann im Grubenlift mit ein paar anderen Bergleuten, von diesen nur der Rücken zu sehen; sein Blick auf ihnen, mit spürbarer Teilnahme. Und endlich die Ankunft des Lifts oben auf dem Erdniveau, und ein allgemeines Ohrenausblasen.

Bei der Ankunft des Busses, nachts, im Zielort, ist sie ausgestiegen als die letzte und einzige Passagierin. Sie bedankt sich – mit mehr als einem bloßen »Danke« – bei dem Fahrer und erkundigt sich nach einer Unterkunft. Der Fahrer: »Nur noch ein Gasthof ist offen. Das Hotel ist längst ein Apartmentblock. Aber warum übernachtest du nicht im Haus deiner Mutter?« – Sie: »Sie kennen – du kennst mich?« – Der Fahrer: »Wir sind gemeinsam zur Schule gegangen.« – Sie: »Wir waren die beiden, die sich Bücher ausgeliehen haben.« – Der Fahrer: »Und jeder wollte jeweils dasselbe ausleihen.« – Sie: »Die Bücher standen in einem Schrank an einer Seitenwand unserer Klasse.« – Der Fahrer: »Und der Schrank hatte eine Glastür, die bis auf die eine Ausleihstunde in der Woche immer abgesperrt war.« – Sie: »Und wenn wir von der Schultafel wegschauten, hatten wir die Woche lang die Buchrücken mit den nächsten begehrten Titeln vor den Augen.« – Der Fahrer: »Und im Glas des Buchschranks haben sich die Fenster der Klasse gespiegelt.« – Sie: »Und die Bäume vom Schulhof. Und der Felsen hinter dem Schulhof. Und die Ruine auf dem Felsen.« – Der Fahrer: »Und wenn dann der Schrank endlich aufgesperrt wurde, bist du mir bei jedem Buch zuvorgekommen. Nicht einmal hast du mir den Vortritt gelassen.« Sie: »Du warst so gierig. Die Gier in Person.« – Der Fahrer: »Ja, so war ich. Ja, das bin ich.« – Sie: »Und du liest weiter?« – Der Fahrer: »Weniger. Oder mehr. Oder anders. Ja, weiter und weiter. Wer einmal so zu lesen angefangen hat wie ich, der wird nie mehr aufhören. Nein, ich war nicht gierig. Leseratte, was für ein falsches Wort. Ich war bedürftig. Ich bin bedürftig. Ich werde bedürftig sein.«

Auch der Fahrer ist inzwischen ausgestiegen und hat seinen Bus abgeschlossen. Die beiden sind davor im Freien gestanden, am Rande eines blattlosen nächtlichen Obstgartens, in dem aber noch und noch Äpfel aus dem Astwerk leuchten. Sie: »Und wo ist der Gasthof?« Der Fahrer: »Gleich hier beim Obstgarten.« Und dann gehen sie gemeinsam auf ein vollkommen dunkles Anwesen zu, an dem unten alle Vorhänge zugezogen sind, oben alle Läden geschlossen. Keine Leuchtschrift; überhaupt kein Licht; unsichtbar auch die Lichter der Ortschaft. »Ich bin der Wirt«, sagt der Fahrer. »Busfahrer und Wirt, wie schon mein Vater. Wirt mit meiner Wirtin.«

Sie betreten den Flur, in dem Schritt für Schritt ein sehr helles, geradezu festliches Licht anspringt, und er reicht ihr den Schlüssel, der auf dem Schlüsselbrett die einzige Lücke läßt, und öffnet ihr wie zum Willkomm für einen langen Augenblick die Tür zur Gaststube. Auch diese zeigt sich in einem wie taghellen Licht; Kronleuchter, Tischlampen, Windlichter. Die gedeckten Tische leer, bis auf zwei, drei in der Saalecke. Dort freilich so viele, durchweg stumme Gäste, daß sie wie zusammengeschart wirken. An dem einen wird still Karten gespielt, an dem anderen, womöglich noch stiller, Schach (samt umstehenden Kiebitzen), an dem dritten Frauen in Reisegewändern, wie historischen, die Kostüme sein könnten für das Stück »Die Auswanderer«, welches sie für die örtliche Laienbühne gerade geprobt haben. Die einzelne Frau an der Theke ist offenbar die Frau des Fahrers-und-Wirts: so ihr Begrüßungsblick, ein ebensolcher Blick von einem Kind, das an dem größten aller Saaltische noch Aufgaben macht. Und auch die anderen haben, so oder so, auf das Türöffnen reagiert, ein paar wie erschrocken, über des Fahrers Begleiterin? Und er dann zu ihr: »Bleib doch zum Nachtmahl.« Darauf sie: »Ich will zu meiner Mutter.« – Er: »Weiß sie, daß du kommst?« – Sie: »Nein. Aber wenn sie noch die ist wie vor zehn Jahren, dann lebt sie in der Erwartung – wenn auch wohl kaum auf mich –« – Der Wirt: »Sie ist noch die vor zehn Jahren. Und die vor zwanzig. Noch immer kennt sie keinen von uns. Weder hat sie sich je ein Gesicht gemerkt noch einen Namen. Andrerseits grüßt sie jeden und alles. Wahrscheinlich, ja, vor lauter Erwartung.«

Er hat ihr dann die Zimmertür aufgesperrt, und der Blick geht in ein wiederum überraschendes Gemach, wo vor den Fenstern die Läden sich nun automatisch öffnen. Ein Zeltbett. Und dort, an einer Seitenwand, ein Glasschrank voll mit Büchern, worin wie in einem Zauber jetzt ein Licht sich anschaltet. Dazu der Wirt: »Ja, es ist der Schrank von damals. Bei der Einstellung des Schulbetriebs hier –« Und der folgende Blick, ein gemeinsamer, geht hinaus in die Obstgartennacht, mit dem geparkten Bus am Saum. Sie: »Nur diese Nacht.« – Der Wirt: »Sicher?« – Sie: »Ja.« Sie tritt unvermittelt auf ihren einstigen Mitschüler zu, und er weicht zurück, wie mit einem Schreckenslaut, einem sehr hohen. Ein langes, stummes, regloses Gegenüberstehen. Sie dann: »Keine Angst, du bist es nicht. – Du bist immer noch so schreckhaft wie früher.« – Der Wirt: »Noch schreckhafter.« – Sie: »Nicht ideal für einen Busfahrer.« – Er: »Was für Schreckenslaute, und ganz verschiedene mir seit jeher entfahren.« Und er gibt eine Probe davon, hoch, tief, lang, kurz, leise, laut: »Ich könnte fast ein Lied davon singen. Oder du: du solltest ein Lied davon singen. Ein Lied, gewonnen aus Schreckenslauten. Ein anderes Lied, gewonnen aus Schmerzenslauten.« Sie: »Sag mir nicht, was ich soll.«

Sie geht jetzt durch den nächtlichen Ort. So unbestimmt dieser als ganzer wirkt, so klar sind die Einzelheiten, die Winkel, die Perspektiven, die Schneisen. Am Ende einer hellausgeleuchteten leeren, auch fahrzeuglosen Gasse zeigen sich mehrere weiße Segel, ohne das Wasser. Ein Klicken und Klingeln von Stahlseilen an Bootsmasten wird hörbar, vereinzelt ein Möwenschrei. Die meisten der Häuser sind dunkel, mit wie schon seit langem geschlossenen Läden. Die paar mit Licht haben keine Vorhänge vor den Fenstern. Wenn eine Silhouette in den Räumen, dann jeweils allein. Ein Fenster weit offen, dunkel, und arabische Musik schallt heraus. Im Innern eines anderen Hauses ist nichts zu sehen als eine leere beleuchtete Wand, auf diese dann wandfüllend das Zifferblatt einer Uhr projiziert, mit dem Riesenschatten des im Kreis wandernden Sekundenzeigers. Obwohl es, nach der Uhr, noch nicht gar spät ist, ist niemand sonst unterwegs. Da und dort, an den Strommasten, den Holzzäunen, den Bäumen Plakate mit dem Farbphoto eines Kindes. Ist es das Jüngstvermißte? Nein, es ist kein Kinderphoto, vielmehr das monumental vergrößerte eines vermißten Haustiers. Sie ist nicht davor stehengeblieben; hat höchstens einmal verlangsamt. Zwischendurch hebt sie einen Kinderhandschuh von der Straße auf und hängt ihn, ohne innezuhalten, an einen Strauch. Im Vorbeigehen an einem Spielplatz dreht sie ebenso an dem kleinen Karussell, das sich aber, verrostet, kaum bewegen läßt, nur laut aufquietscht. Dafür bewegt sich die Schaukel daneben, wie von einem Nachtwindstoß. Die Stille wird im übrigen dann und wann unterbrochen von gar nicht fernen Flugzeuggeräuschen: ein jähes, gleich wieder abflauendes Vorbeidröhnen, das nicht von Linienfliegern stammen kann; ist ein Militärflugplatz in der Nähe? Ein Fliegerhorst? Selbst Hubschrauber sind unter den Flugzeugen, und einmal strahlt so von oben ein Licht herab, wie von einem Hubschrauberscheinwerfer, einem Suchscheinwerfer?, grell, und erfaßt sie, bleibt auf ihr, wandert ihr dann voraus, fächert sich durch ein Waldstück, auch das Unterholz dort durchleuchtend, und hebt zuletzt, indem es sich höhenwärts entfernt, eine einsame, ausgedehnte Liegenschaft am Fuß einer Art Dünenhügel aus der Finsternis. Sämtliche Fenster an dem Anwesen dort sind hell; fast durchsichtiger Rauch weht aus dem Schornstein – nein, aus mehreren Rauchfängen; zu beiden Seiten der Haustorstufen brennende Fackeln. Das Gartentor steht weitestmöglich offen.

Beim Eintreten hebt sie die Beine wie über eine Schwelle, oder eine (nicht vorhandene) sehr hohe Stufe. In dem Moment, da sie den Türklopfer betätigen will, öffnet sich die Tür, die offenbar nur angelehnt war, und eine Frau steht vor ihr, die nur ihre Mutter sein kann – obwohl die zwei einander ganz und gar nicht ähnlich sehen. Die Mutter erscheint alterslos, mit einem breiten, glatten Gesicht, und trägt ein Abendkleid, verschieden von allen üblichen Abendkleidern: wenn »Abend«, so eher in den Farben und im Stoff als im »Schnitt«. Die Haare trägt sie aufgesteckt zu einer Art Diadem.

Ohne ein Zeichen von Erkennen zu geben, fängt sie auf der Stelle zu sprechen an, in einem Akzent, der brasilianisch, aber ebenso auch slawisch sein kann: »Eigentlich habe ich jemand anderen erwartet. Aber tritt ein. Auch wenn hier keine Götter mehr wohnen. Schon lange nicht mehr.« Und sie gibt den Zugang frei, auf eine Halle, ohne einen Vorraum dazwischen: Teppiche, Kaminfeuer, und in der Mitte ein eher kleiner, wie verwitterter, salzweißgrauer Tisch, ohne Tischtuch, bereitet für ein dem Anschein nach gar nicht kärgliches Nachtmahl zu zweit. »Und da du schon einmal hier bist: Finde mir die Kontaktlinse, die mir vorhin herausgefallen ist, dort in dem Flausch.« Und sie lotst ihre Tochter hin, und in einem Augenblick ist das Verlorene gefunden, so versteckt es auch gewesen sein mag in den Fransen. Übergabe der Linse von Hand zu Hand, von Fingerspitze zu Fingerspitze.

Mutter und Tochter haben dann genachtmahlt, wobei, was von dem Mahl auf dem Tisch übrigbleibt, ebenso appetitlich wirkt wie das noch unberührte Ganze zuvor. Die Wände markieren allerseits eine Ferne, so groß ist die Halle.

An einer Wand nichts als Photos und Filmplakate. War die Mutter etwa früher ein Star? Ist sie es nicht immer noch? Ihre Starzeit ist nicht vorbei? Während sie sich wieder hören läßt, hantiert sie ständig mit kleinen, zu dem Nachtmahl gehörenden Gegenständen: mit dem Öffnen einer Weinflasche, dem Aufnesteln eines Salzsäckchens, dem Aufschrauben eines Honigglases, dem Aufreißen einer Käsepackung, dem Fischen von Brotschnitten aus der Tiefe eines Toastgeräts, dem Knacken von Nüssen, dem Auseinandersortieren von zusammenhaftenden Blini-Stapeln. Und nichts davon gelingt ihr. Und ein jedesmal kommt dann von ihr ein: »Ich hab's gewußt«, mit dem Zusatz: »Ah, all das Eingeschweißte.« Und so hat sie, weiterredend, als ob nichts wäre, Sache für Sache, ruhig scheiternd, an ihre Besucherin weitergegeben, die damit, wie könnte es anders sein, im Handumdrehen zurechtkommt.

Die Mutter: »Ab und zu schlafe ich in dem früheren Kinderzimmer. Ich schlafe dort besser? Nein. Aber ich habe dort noch nie einen Alptraum gehabt. Oder wenn, dann habe ich ihn nicht so gesehen. Du wußtest damals nicht, was das ist, ein Alptraum. Und weißt es bis heute noch nicht. Einmal lebte in diesem Haus ein Kind. Aber das Kind, das da lebte, war nie und nimmer mein Kind. Und einmal lebte in diesem Haus ein Mann. Und das war mein Mann. Ich war ein Star. Ich war der Star. Aber beileibe kein kalter. Und weil ich nicht kalt war, mußte ich unnahbar sein. Keine, die mich sah in den Filmen, wollte dann auch so ein Star sein. Nur bei den heutigen Stars ist das so. Wer die sieht, und die Geschichten, in denen sie spielen, sieht sich mir nichts, dir nichts als einer ihresgleichen, ihnen ebenbürtig – wenn nicht überlegen. Er könnte genauso ein Star sein. Er *ist* genauso ein Star – noch ein weit größerer, der Superstar. Und das ist dem Zuschauer der heutigen Stars auch gar nicht zu verdenken. Ich freilich war seinerzeit ein anderer Star, ein ganz anderer. Ich weiß, ich war zeitweise monströs. Ich weiß, ich war zeitweise stümperhaft. Aber gerade so war ich, auch in den alltäglichsten Szenen, jemand Einmaliger, den die Zuschauer in einem unüberbrückbaren Abstand zu sich sahen. Und das zu ihrem Glück. Und das zu ihrer Freude. Und das zu ihrer Erhebung. Und das zu ihrer Beseligung. Vor meiner Art Startum sind die Zuschauer nicht Megastars geworden, sondern klein, klitzeklein, däumlingsklein.«

In der Küche, wo sich Mutter und Tochter beim Geschirrabwaschen, Abtrocknen, Räumen zeigen, spricht sie weiter (wobei die Besucherin die Hauptarbeit verrichtet, weil die Hausherrin bei jedem noch so kleinen Handgriff innehält, mit der Erklärung zwischendurch: »Auch damals beim Filmen war ich unfähig, Reden und Aktion in einem auszuführen – entweder redete ich nur, oder agierte ich nur, nie beides zusammen, und auch daher, sagte man, kam meine Wirkung«). »Manchmal denke ich inzwischen freilich, ob nicht das seinerzeitige Startum von unsereinem eine Krankheit war, nicht nur meine, eine allgemeine, eine Krankheit, die heute überwunden ist. Nur: Was für eine Krankheit. Was für ein Schweben. Was für ein Entschweben.«

Weitersprechen tut sie am Kamin, während die Besucherin ihr da und dort Knöpfe an Kleider näht, auch einmal aufsteht, um ihr die Haare zu bürsten, ihr einmal aus den Schuhen hilft und ihr, wie eine Schuhverkäuferin, andere anzieht. »Nichts Aktuelles soll in dieses Haus. Immer ging es mir um ganz anderes als die Aktualität. Schon zu meiner Zeit kam mir vor, als würde sie, die verfluchte Aktualität, alles andere, was nicht sie ist, auffressen. Und inzwischen: als sei das Leben außerhalb der Aktualitäten nicht mehr der Rede wert, sei mit keinem Blick mehr zu würdigen, sei kein Gegenstand, keine Sache, kein Thema mehr, dürfe nicht mehr Leben, oder gar Das Leben heißen.« Es ist, als spräche sie nun nicht mehr zu der Einzelnen, sondern zu einer Mehrzahl, zu unsichtbaren Dritten: »Das Leben, es gilt bei euch draußen nicht mehr. Ihr habt das Leben, das einzige, große, für null und nichtig erklärt, von euren Tischen gewischt, mitsamt den Tischen. Wie hieß doch einmal ein Satz der Sätze, in den Evangelien oder wo, und hieß so in der Folge immer wieder?: Das Leben ist erschienen. Und jetzt: Das Leben ist verschwunden? Das Leben hat verloren? Ihr glaubt, ich erkenne euch nicht? Ihr bildet euch ein, ich sei blind für euer Treiben? Der eine Nachbar klatscht von früh bis spät in die Hände – und warum? Um die Raben von seinem Haus zu verscheuchen. Der andere

Nachbar hat gestern seinen einzigen Sohn verstoßen. Der dritte Nachbar löffelt all seine Mahlzeiten aus einem Napf draußen auf der Hintertreppe zum Garten, weil seine langjährige Frau nicht will, daß der Mann da ihr das Haus verschmutzt.«

Sie werden dann zusammen an einem der Fenster zu dem parkähnlichen Garten stehen; die Fackeln? erloschen. Die Nachtbäume umso deutlicher. Und weiter spricht sie: »Er, ja, er hätte die Wende bringen können. Durch ihn, ja, durch ihn hätte es sich zum Guten verändert. Dreckskerl, Schuft, Schuldloser. Mein Anderer. Liebster all meiner Nachbarn. Nachbar, was für ein schönes Wort. Nachbar, mein Anderer, mein Leben. Und die einzigen Häuser, vor denen ich denke: Nachbarn, haben seit einem Jahrzehnt geschlossene Eisenläden, die Stifte zum Festmachen samt den Ringen, in denen sie stecken, verrostet. Wird es neu erscheinen, das Leben? Wann? Ja, wann?«

Später sind die beiden gemeinsam zum Gartentor gegangen. Es ist, als begleite eher die Besucherin die Hausherrin als umgekehrt. Diese dann: »Vater- und mutterloses Kind du. Vater, der dich wollte, und wie, und dich nie zu Gesicht bekam. Mehr Vater als Liebhaber, schon als ganz Junger, und jetzt für immer jung. ›Er ist von selber gegangen‹, hat man bei mir zuhause gesagt für einen, der sich umgebracht hat. Mutter, die dich nicht wollte, dich nicht, und gar kein Kind, nie und nimmer. Keine Mutter, sondern Liebhaberin und Liebhaber in einem. Du hättest eigentlich ein Kind der Liebe sein müssen. Und warst es auch. Und bist es auch. Aber seltsam: Ich habe dich nicht gewollt. Ich habe dich nicht zur Welt bringen wollen. Ich habe dich nicht gebären wollen. Ich habe dich sogar weghaben wollen. Alle die Monate mit dir in meinem Bauch der Gedanke: Ah, wenn es doch stürbe. Tag für Tag habe ich dir nicht das Leben gewünscht, sondern den Tod. Ich war keine Mutter für dich, wurde keine, konnte keine mehr werden. Ein Waisenkind bist du, eine Vollwaise. Armes Kind. Reiches Kind. Freies Kind. So sei froh. Sei froh.« Und jetzt die andere: »Wünschst du dich manchmal nachhause, Mutter?« Und die Mutter: »An die Wolga? An den Ural? An den Río Paraná? O nein. Nein, nein. Ich bin hier zuhause, im Rauschen der Bäume, manchmal.« Die nächtlichen Bäume ringsum: kein Rauschen; kein Hauch. »Und zuhause bin ich vor allem, wenn die Erwartung aufhört und der Schmerz kommt. Zuhause im Schmerz. Da bist du ja, Schmerz. Heimat Schmerz.« Sie hat sich abgewendet. Weint sie? Wer weint? Die Tochter jedenfalls ist es, welche fragt: »Mutter, was tust du so all die Tage?« Und die Antwort der Gefragten, zunehmend begeistert: »Nichts. Nicht viel. Viel nichts!«

Auf dem nächtlichen Rückweg blickt die Andere sich immer wieder um nach dem Haus der Mutter. Diese, mehr und mehr entrückt, geht dort von einem der beleuchteten Räume oben zum andern, mit erhobenen Armen, die Stümpfen gleichen. Im Ort kaum mehr ein helles Fenster, und wenn, dann im Erdgeschoß. Auch dahinter die vereinzelt noch Wachenden mit ähnlich erhobenen Armen im Kreis gehend. Ein streunender Hund folgt ihr, spürbar ihre Gesellschaft suchend, während immer wieder eine Möwe, es ist wohl jedesmal dieselbe, schneeweiß über ihr durch die Finsternis kurvt. Eine Spätherbststernschnuppe durchkreuzt das

Firmament, und zwar in der Waagrechten. Mittendrin teilt die Gehende Fußtritte ins Leere aus, was zugleich etwas von Tanzschritten hat. Vor einer Ziegelmauer ist sie stehengeblieben und hat mehrmals die Stirn dagegen geschlagen, was zugleich den Anschein einer Rhythmik hatte. Ein Apfel fiel dann neben ihr zu Boden, und sie rüttelte an dem zugehörigen Baum: ein großes Prasseln; noch einmal, und noch einmal. Sie wirft jetzt Steinchen nach dem Hund, der ihr immer noch folgt. Der läuft den Steinchen nach, wie um sie zu apportieren; folgt ihr dann wieder. Sie stellt sich im Gehen selber ein Bein: spielt sie Straucheln? Sie strauchelt dann wirklich, fällt, bleibt irgendwo liegen, dreht sich auf den Bauch, auf den Rücken, zurück auf den Bauch; bleibt so. Der Hund leckt an ihrem Ohr. Steht auf, würgt, im Spiel, den Hund, der das ernst nimmt und wegrennt. Und auf einmal spielt sie Fliegen, fliegt dann auch tatsächlich: an dem zuvor nicht sichtbaren Seil eines Abenteuerspielplatzes. Überall unterwegs die sichtlich frischgeklebten Plakate mit dem Gesicht des vermißten Kindes, größer als die vorigen. Sie begegnet dann auch einem der Kleber: mit welcher Sorgfalt er vorgeht, die Wand mit Leim grundiert, das Plakat, mit demselben Besenpinsel, entfaltet und millimetergenau die üblichen Reklamen überklebt! Ein längst verlassener Sportplatz mit einer im Dunkeln wie phosphoreszierenden Anzeigetafel AUSWANDERER : GÄSTE (ohne das Resultat). Und zuletzt begegnet ihr noch etwas wie ein Suchtrupp bei der sehr späten Rückkehr, Hunde, Taschenlampen, Megaphone, ein wortloses Durcheinander, das kaum mehr etwas von einem Suchtrupp hat. Daraufhin gehen da und dort Läden und Fenster auf, und ein jedesmal schüttelt der Trupp wie zur Antwort die Köpfe, worauf Fenster und Läden sich wieder schließen. Und ganz zuletzt das noch tropfnasse Plakat mit dem Kindergesicht auch auf dem Heck des am Obstgarten abgestellten Busses.

Sie schläft in dem Baldachinbett, tief. Und zugleich sehe ich sie hoch über dem flachen Land auf dem Gipfel eines Salzbergs liegen, auf dem bloßen, harten, wettergrauen, von dunklen Schlieren durchzogenen Kalisalz. Neben ihr liegt der Mann aus dem Bergwerk. Beide rühren sich nicht. Trotzdem höre ich ein starkes Knirschen unter den Körpern. Unmittelbar neben diesen befindet sich ein Loch, eine kreisförmige Öffnung, wohl der Abzugsschacht für den Salzabbau in der Tiefe, mit einem Sperrgitter davor. Mit der einen Hand sehe ich sie nun den Mann an sich ziehen – in ihrer beider Gesichter ein gleichermaßen ruhiges Begehren –, mit der andern lautlos, so als habe sie das alles längst vorbereitet, das Sperrgitter von dem Schacht entfernen. Mitten in der Bewegung aber wird der Tag auf dem Salzberg wieder zur Gasthofnacht, und sie schläft wie zuvor – nein, nicht ganz so – unter dem Baldachin. Seltsam, die Fremde da schlafen zu sehen? Wegschauen? Nein. Seit jeher eine meiner liebsten Beschäftigungen: andere schlafen zu sehen. Sieh, ihre Lippen, geschwollen wie bei einem Kind. Alles Bedrohliche aus diesem Gesicht verschwunden.

Am Morgen folgt sie, unterwegs in dem AUSWANDERER-Ort, auf Seitenwegen, ja -pfaden (es ist jetzt am Tag, als bestehe die Siedlung nur aus solchen Pfaden), den sich wiederholenden Richtungsschildern ZUM MEER. Am Ende eines solchen Pfads, wieder vor allem zwischen Büschen durch, endlich das Wasser.

Das »Meer« scheint freilich eher ein See, in der Ferne das Gegenufer? Dann der Bootssteg mit einem nun doch zu einer Meerespassage passenden Schiff; Name: DER AUSWANDERER. Auf dem Steg stehen schon mehrere Leute zusammen, und sie steigt dann als eine von denen auf das Schiff, auf einer Planke, die, wie jahrhundertalt und mit noch nie so gesehenen Ornamenten verziert, nichts von einer gewöhnlichen Planke hat. Das Abfahrtssignal tönt oder schallt wie zu einer großen Überfahrt, obwohl das Wasser spürbar überall seicht ist und das Motorengeräusch zu einem eher leichten Schiff gehört. Am Abfahrtsufer ein festliches Treiben, wie von einer gar nicht so spärlichen Bevölkerung, samt Winken hier und da, auch mit Tüchern. Und jetzt kommt, nach dem Ablegen des Schiffs, noch ein letzter Passagier oder Auswanderer zum Pier gelaufen, hält dann inne, wobei ihm die ausgestreckten Arme herabfallen, und von seinen Lippen läßt sich, selbst aus der Ferne, deutlich ein »Ich hab's gewußt« ablesen. Freilich hat das Schiff dann zurückgestoßen und ihn mithilfe einer rasch auf den Pier geschobenen Planke mit aufgeladen.

Auf dem Schiff. Weit und breit nichts als das Wasser. Ein jeder der Passagiere scheint sein eigener Herr. Es gibt keine Paare, keine Gruppen. Zugleich eine lebendige, weltoffene Stimmung, wie bei dem Aufbruch eines Trecks, wo es eine Zeitlang natürlich ist, sich auch einem Wildfremden zuzuwenden und sich ihm anzuvertrauen. Eine Zutraulichkeit herrscht auf dem Schiff, als stünden da an der Reling rechtens Auswanderer. So hebt jetzt ein älterer Mann übergangslos an: »Ich werde drüben meine Tochter besuchen. Ihr Mann hat sie verlassen. Und ich kann ihn verstehen. Jerina kann aus heiterem Himmel gewalttätig werden. Schon als Kind hat sie manchmal plötzlich zugeschlagen, nicht bloß bei anderen Kindern, auch bei ihrer Mutter, auch bei mir. Ein so zartes Mädchen – und konnte ansatzlos losprügeln, ohne ein Zögern, ohne das Gefühl eines Zwischenraums. Doch wehe, wenn dann einmal einer zurückhieb: Zeter und Mordio, Aufschrei zum Himmel. Nur sie durfte dreschen.« Und er zeigt ein Photo im Kreis herum und reibt sich dazu wie unwillkürlich die Wange.

Und ein anderer Passagier läßt sich dann hören: »Ich suche Arbeit. Auch wenn es unter Tag ist. Dort unten im Salz soll es je tiefer desto heißer werden. Aber eine trockene Wärme, sagt man, in der man beim Bohren und Schaufeln kaum ins Schwitzen kommt. Salzwärme, sagt man, ist gut für die Lunge. Nur werden kaum mehr Bergleute dort eingestellt, sagt man. Der Salzmarkt auf der Welt, sagt man, und fast überall sonst ist das Salz billiger. Meine Mutter meinte von mir immer: Der Alfons hat zwei linke Hände, und sie hatte recht, meine Mutter selig. Aber was meinen Sie: Vielleicht bekomme ich von der Salzluft dort unten zwei rechte? Und außerdem hatte ich zwei linke Hände jeweils nur, wenn jemand mir zuschaute. Und dort unten, habe ich mir sagen lassen, ist man in seinem Stollen oft den ganzen Tag allein, und es wird mir niemand zuschauen?«

Und ein dritter Auswanderer, um den der Kreis der anderen, zuhörend, zugleich auf das Wasser, in die Ferne schaut: »Letzte Nacht habe ich im Traum meine Schuhe verloren. Und ohne meine Schuhe konnte ich nicht weiter. Ohne meine Schuhe konnte ich, ganz klar, nicht zurück zu meinen Leuten. Es war ausgeschlossen. Verboten, ohne Schuhe mit meinen Leuten zu sein. Ausgeschlossen: ich. Die ganze Nacht mußte ich so ohne Schuhe dastehen, wie an einem Pranger, barfuß, mutterseelenallein, fern von Deborah, fern von Sergio, fern von Emire und Jasmina. Dabei bin ich doch so gern barfuß. Ah, das Barfußgehen im taunassen Gras am frühen Morgen, sogar manchmal im Winter, wenn schon der Reif liegt.«

Und noch ein Auswanderer läßt sich zuletzt hören, eine im Reden sich mehr und mehr aufrichtende junge Frau: »Nur weg. Weg von den Mülltonnen. Weg von den Hausnummern. Weg von den Dreiecksgeschichten. Weg von den SMS, ADN, UPS, AKH, von den Fahrzeugkennzeichen, den Straßennamen, den Künstlernamen, den Kosenamen, den Spitznamen, den Vor- und Nachnamen. Weg von Adelaide. Weg von Tahiti. Weg von der Zuidersee. Weg von den Wasser- und von den Dauerwellen. Weg von den Kondensstreifen. Weg von Europa. Weg von Afrika. Weg von den Kontinenten. Weg von den Inseln. Weg von Igor, von Franz, und von

Aïscha. Weg von dir. Weg von mir. Weg von hier.«

Einer hatte begonnen, sie auf einer Mundharmonika zu begleiten, ein anderer auf einer Maultrommel, gegen Ende auch ein mehrfaches In-die-Hände-Klatschen. Und ins Bild rückt nun der Große Salzberg, weit jenseits des dabei wie unvermindert fernen Gegenufers, ein Teil des Himmels zuerst, eine Lichterscheinung, ein weißer Schimmer über der Ebene, in Bergform.

Zeit ist vergangen so auf dem Wasser, eine unbestimmbare. Das Schiff fährt und scheint zugleich zu stehen, wie auf der Schwelle zu einer anderen Sphäre. Und jetzt kommt ihm ein anderes entgegen, ein fast gleichaussehendes, das nahe an ihm vorbeizieht und ebenfalls AUSWANDERER heißt. Auch auf ihm eine durcheinandergewürfelte Gesellschaft, darunter Schwarze, Asiaten, Araber. Nicht wenige scheinen von der Arbeit zu kommen, einer erschöpfenden. Zwar tragen sie Alltags-, kein Arbeitsgewand, aber ihre Gesichter zeigen Staubspuren, weiße, eben von Salz. (Sand oder

Mehl kann das nicht sein.) Zum Teil hocken sie auf den Fersen, zum Teil stehen oder lehnen sie mit gesenktem Kopf und halb- oder ganzgeschlossenen Augen an der Reling. Sie bilden keine Gruppe; sind vereinzelt unter den ebenso vereinzelten übrigen Passagieren. Auch diese, hier und da etwa ein Kind auf dem Rückweg von einem überlangen Schulausflug, ein, zwei Pilzsucher (Pilze in einem Salzland?), ein Arzt, eine Krankenschwester, ein blutjunger Landschaftsmaler, samt Staffelei, wirken müde, als sei für sie der Tag, der auf unserem Schiff noch gar nicht so recht angefangen hat, schon längst vorbei. Und wieder ist ein Suchtrupp darunter, aufgelöst in die da und dort abwesend vor sich hinschauenden übernächtigen Sucher. Die einzige »Gruppe«: Zwei Polizisten oder Gendarmen mit einem Gefesselten in ihrer Mitte. Und als einige auf unserem Schiff gleich unwillkürlich zu winken begannen, war dieser Gefangene der einzige, der zurückwinkte, oder es versuchte. Nicht einmal die Schulkinder winkten; höchstens antwortete uns hier und dort ein mattes, oder bitter-freundliches Lächeln.

Das Ansteuern des Hafens dann. Dieser, mit dem weiterhin fernen Salzberg im Hintergrund, ist zwar kein Übersee-, Tanker- oder Ozeanriesenhafen, aber, im Vergleich zu der Ablegestelle vorhin (vorhin?), eine recht ausgedehnte Anlage. Am Ufer vertäut vollbeladene Salzkähne, und so, als lägen sie dort nicht erst seit kurzem. Mehrere Schienenstränge mit abgestellten Waggons, ganzen Zügen. Und gleich hinter der Anlage eine dichtverschachtelte, beinah hafenstädtische Häuser- und Hüttenlandschaft, die Bauten allesamt niedrig, kaum eines einstöckig, Reetdächer, weißgekalkte Mauern, geradezu schmuck, wie die Hafenstadt einer kleinen Insel, samt den »Insel«blumen in den Fenstern. Keine Autos zu sehen; nur Boote um Boote; und vereinzelt ein Fahrrad. Trotz der offensichtlichen Bewohntheit – Rauch aus den Kaminen, volle Wäscheleinen, die Wäsche eher dunkel, von Fenster zu Fenster, auch unter den Uferbäumchen – ungleich weniger Treiben als zuvor auf dem »Festland«-Ufer; und auch das Ankunftssignal des »Auswanderers« klang auffallend verschieden von jenem bei der Abfahrt. (Klang?)

Unsere Gesellschaft hatte es eilig, an Land zu gehen. Dort auf dem Quai stand zwar der eine oder andere, als ob er jemanden erwarte, aber der oder die fand sich jedenfalls nicht unter den Neuankömmlingen. Wenn diese auf dem Schiff episodisch eine Gesellschaft gewesen waren, so ging diese nun rasch auseinander, in alle Richtungen – wenn es solche gab –, ein jeder für sich, ohne Abschied, wie Versprengte. Und auch die spärlichen Wartenden sind gleich wieder zwischen den Häusern verschwunden, mit ihren gleichermaßen bangen Gesichtern. Die Ankunft in dem Hafen war die an einer Grenze, an einer Grenze von der Art, wie sie in unseren Breiten längst abgeschafft sind – unwillkürlich wollte man seinen Paß ziehen.

Sie ist inzwischen der einzige Mensch auf dem Quai. Sie späht, im Halbkreis, im Kreis, zurück auf das »Meer«. Weiter weg, am Rand des Hafenbeckens, ein paar Gestalten, die einen auf dem Land, die anderen in Booten. Wenn sie Angelstangen halten, so angeln sie damit aber nicht, sondern stochern, tief, ins Wasser, behutsam. Und sie? Sie geht, unversehens einen grundanderen Gang annehmend, mit Riesenschritten, unter denen auch das Umland ein grundanderes zu werden scheint, auf ein kleines Kanu zu, fast etwas wie ein Einbaum, ein leichter, der an der Einmündung eines Flüßchens, nein, eines Kanals in das Meer liegt, bindet ihn los und rudert auch schon auf dem Kanal landeinwärts. Der Salzrücken ist da nicht mehr zu sehen; er war bereits vom Quai aus unsichtbar.

Sie rudert zügig. Ihr Horizont ist das Wasser mit den treibenden Spätherbstblättern. Sonst nichts als Schilf und das Ufergras. Immer wieder blickt sie an ihrer Schulter entlang zurück. Es ist wohl ein warmer Tag; trotz der Jahreszeit kreuzen und begleiten sie Libellen, auch paarweise, an denen, sooft sie einander streifen, die Flügel aufknistern, ein Geräusch wie von einem angerissenen Streichholz. Ein Riesenfisch ist aufgesprungen und hat geschillert in allen Farben. Ein zu dem Schilf und dem Wasser so gar nicht passender Rabe, ebenso riesig, ist aufgeflogen und hat, bei völliger Lautlosigkeit seines Flugs, ebenso geschillert, in seiner ganzen Rabenschwärze. Und einmal das Gellen eines Falken, ein Schrei wie ein Pfeil. (Wie das, ein

Falkenschrei im Vorwinter? Ich habe ihn hier gehört. Und außerdem ist bei mir hier nicht Vorwinter.) »Laß eine Feder fallen, Falke!« hat sie gerufen, und wirklich kam dann eine Feder aus den Lüften getrudelt, eine grau getigerte, die sie zu der ersten in das verkohlte Buch gesteckt haben wird. Nein, sie steckt sie sich ins Haar. Und zu erwähnen bleibt noch, daß immer wieder Gruppen von Leuten, allesamt stumm, mit langen Stangen auch hier das Kanalwasser sondieren.

Auf einer Holzbrücke über den Kanal werden dann zwei Menschen stehen, ein Erwachsener und ein Kind. Ja, ist das nicht der Mann vom Bergwerk, mit seinem kleinen Sohn? Er ist in Zivil; jedoch ist seine Kleidung weniger freizeitlich als feiertagshaft; desgleichen die des Kindes. Die beiden schauen in die Weite, und erst als sie schon unter der Brücke durchgerudert ist, wird sie bemerkt, von dem Sohn, der sich umdreht und sie anlacht, so als erkenne er sie. Ein Stück weiter steuert sie ans Ufer, steigt aus, bindet das Boot fest und geht – fast läuft sie – zurück zur Brücke; nur ist dort niemand mehr.

Sie ist dann zu Fuß im Weglosen, und auch dort mit den Riesenschritten, unter denen die Gegend eine andere zu werden scheint. Brachäcker wechseln ab mit spätherbstlichen Wäldern. Dort viel Bruch- und Unterholz, wo sie sich durchschlagen muß. Von den verschlammten Äckern bekommt sie größere Sohlen. Schritt für Schritt folgen auf sehr weite, eher ebene Horizonte, mit hellen Dünenstellen, sehr nahe, urwald- und urwelthafte. Und auch die scheinbare Ebene wird immer wieder unvermutet durchkreuzt von Gräben, sogar tiefen Schluchten, die etwas von Depressionen, Land unter dem Meeresspiegel, haben. Moorstellen, wo sie momentweise bis zum Knie einsinkt, ohne aber ihren Schrittrhythmus zu ändern. Grasstellen im Moor, die, sowie sie betreten werden, wippen, fast kippen, wie der Boden in einem Geisterhaus. (Sie spielt damit.) Ein Wildapfelbaum, auch er noch voll von Früchten. Obwohl – sie hat in eine gebissen – offenbar gallbitteren. Es bleibt dabei heller Tag. Die Salzbergkuppe taucht während der ganzen Passage nicht auf, ist nicht einmal zu ahnen.

Einmal hält sie doch inne, vor einem Jäger in einem Wald, und fällt nun ihrerseits, wie zuvor die Leute auf dem Schiff, übergangslos ins Reden, das Gesicht hinaufgerichtet zu dem Mann auf seinem Hochsitz dort, ohne daß der so Angeredete sich darüber im geringsten wundert: »Schon immer hat es mich hierhergezogen. Das fing damit an, daß meine Mutter – und nicht bloß sie –, wenn überhaupt einmal die Rede auf eure Gegend kam, gleich abwinkte: Nichts los bei denen dort. Nicht einmal einen kleinen Abstecher wert war nach der übereinstimmenden Meinung der tote Winkel hier. Kein Staat war mit ihm zu machen, und das mitten im Vereinten Europa. Toter Winkel: aber wie voll Leben habe ich ihn mir von klein auf vorgestellt, allein schon wegen des Namens. Und endlich bin ich jetzt hier. Und hier werde ich auch bleiben, bis ans Ende. Ah, das ist nun ausgesprochen, und so muß ich mich daran halten.«

Und noch einmal ist sie stehengeblieben, vor einem harkenden Bauern – mögen Harken und Spätherbst auch wenig zusammenpassen – und sagt, halb schon im Weitergehen: »Ich habe meinen Vater nie gekannt. Und meine Mutter hat zwanzig Jahre nicht bemerkt, daß ich von zuhause fort gewesen bin. Meine Freunde hatten alle Angst vor mir. Ein Kind ist mir unter dem Herzen gestorben. Mein Kinderhund hat mich in den Hals gebissen. Aber immer wieder hat ein Engelsflügel mich gestreift.« Und auch der Harkende wird ihr ganz selbstverständlich zugehört haben.

Aber weiter in der Geschichte. Denn endlich kommt wieder der Salzrücken in den Blick. Fast reinweiß, obwohl inzwischen nah, steigt er mächtig auf aus dem Flachland, und wirkt dabei ganz und gar nicht aufgehäuft, vielmehr von oben, aus dem Luftraum, herabgerieselt, und nicht erst im letzten Jahrhundert, sondern?: in unvordenklichen Zeiten. Zurück auf die Wege, auch Straßen. Um den Berg herum scheinen die Farben stärker zu leuchten, und haben die Säume nicht einen Schimmer? Wie das? In der Salzbleiche da? Ich sehe es so. Und im Vordergrund sehe ich ein Dorf, auf den ersten Blick herausgehoben eine frühmittelalterliche Kirche, etwas abseits vom Dorf, kleiner, oder jedenfalls schmaler, schlanker als all die Anwesen.

Aus ihrem Gehen wird ein Laufen, und so läuft sie dem Weiler und dem Salzrücken regelrecht entgegen. Im Dorf biegt sie zu der Kirche ab. Diese ist umringt von schiefen, moosigen Grabsteinen, wie eine Landkirche in England. Zwischen Kirche und Salzdüne sonst nichts als baum- und hausloses Grasland, ohne gleichwelches Weidetier. Das Gotteshaus ist geschlossen; ein Hinweisschild aber, daß der Schlüssel sich im Pfarrhaus befindet »im Windfang links«. Sie macht sich dorthin auf, wieder mit jenen großen Schritten, die sie, sooft sie unterwegs ist, bis zum Ende beibehalten wird. Bei ihrem Griff nach dem Schlüssel öffnet sich eine zweite Tür, die hinter dem Windfang, und eine – bis auf ein sehr weißes Shirt – dunkelgekleidete Frau tritt heraus: die Pastorin? Diakonin? jedenfalls die Ortsgeistliche, und diese sagt (auch sie, wie die Mutter, mit einem Akzent): »Sieh da, die erste Besucherin seit dem letzten Sommer. Darf ich mit Ihnen gehen? Keine Sorge: Ich werde nichts erklären. Es ist auch nichts zu erklären.«

Die zwei Frauen bewegen sich durch die, nach der Düsternis der Außenmauern, zum Staunen helle Kirche; zum Staunen zusätzlich bei den so kleinen Fenstern. Es ist, als werde der Raum von den rund um die Wände laufenden oder kreisenden, zartfarbenen Fresken, der Arche Noah etwa unter dem Himmel (gehen oder fliegen die Tiere da nach der Sintflut oder vorher?), des Turmbaus von Babel in den Himmel hinein, der Herabkunft des Heiligen Geistes aus dem Himmel, selbsttätig ausgeleuchtet. Die Kirche ist sonst leer, ohne Bänke, und in einem schießschartenschmalen Mauerdurchbruch zeigt sich die Gipfellinie des Salzbergs.

Die Pfarrerin hat die Fremde in das Wohnzimmer, zugleich Bibliothek des Pfarrhauses eingeladen. Der Salzberg füllt im Hintergrund fast die hier weit größeren Fenster aus, und auf der Salzfläche sind jetzt Serpentinen zu erkennen, wo sporadisch Laster und Bagger fahren. Es wird Tee getrunken, welcher raucht, oder auch nicht, und es ist zunächst wieder die Hausherrin, die redet: »Früher einmal haben wir hier hauptsächlich vom Salz gelebt. Aber das gilt schon länger nicht mehr. Fast sämtliche Bergleute kommen inzwischen von auswärts. Und wir Einheimischen und die Bergleute, das sind zwei völlig verschiedene Welten geworden. Sofern es überhaupt noch Einheimische gibt. Die einen kommen jedenfalls kaum mit den anderen zusammen, und wenn sie sich einmal zufällig begegnen, schauen sie aneinander vorbei, und gar nicht absichtlich. Als ich ein Kind war, war es hier noch nicht so. Es war auch nicht ganz so abseitig hier. Ich erinnere mich sogar an Ansichtskarten von der Gegend, und auf denen war der Salzberg, damals noch viel kleiner, der Blickfang, das Motiv. Neuerdings versucht man wieder, Besucher hierherzulocken. Aber auf allen Karten und Faltblättern ist die weiße Aufschüttung, die dabei so ganz unübersehbar mitten im Land liegt, peinlich ausgespart. Freilich ist diese wachsende und nach allen Himmelsrichtungen ausgreifende Salzflut auch für mein Kirchlein mehr und mehr ein Feind und eine Bedrohung. Tag und Nacht frißt ihr die Kali-Luft, frißt ihr der Kali-Wind die Jahrtausendbilder von den Wänden. Wissen Sie: Während der Bilderstürme hier im Land seinerzeit sind die Gesichter der Patriarchen und der Heiligen überkalkt worden. Und warum? Damit niemand die Augen zu ihnen erhöbe und durch die Bilder etwa abgelenkt werde vom Gebet und von der Einkehr. Nach dem Ende des Bildersturms hat man die Gesichter dann wieder freigelegt. Doch heute sollte man sie vielleicht neuerlich überkalken. Und warum? Damit das bißchen an ihnen, das noch Gesicht ist, das noch Bild ist, vor dem Salzfraß gerettet würde.«

Auf einmal hat sich dann ihre Stimme verändert, und es ist, als spräche sie zu sich allein: »Wenn ich für mich bin, mit den Büchern hier, auch ohne sie, ist immer wieder alles voll Sinn, warm von Sinn, heiß, kochheiß. Aber draußen dort, und ebenso drinnen dort: weg, verpufft. Allgemeiner Unsinn. Unsinn, der kann ja lustig sein, und fröhlich stimmen. Aber der Unsinn dort draußen ist lau und flau. Für meine Generation gibt es nichts Höheres mehr. Und je mehr das trotzdem behauptet wird, desto mehr wird noch der letzte Rest davon vernichtet. Existiert das denn überhaupt noch, eine Generation? Eine Generation im Aufbruch? Eine Piniergeneration? Oder meinetwegen auch eine verlorene Generation? Eine verkaufte? Eine verratene? Nichts da. Meine sogenannte

Generation, und genauso die vor mir, die vielleicht noch schlimmere, die der noch nicht so recht Alten, die auch nie so recht alt sein werden, wir und die, wir richten nichts als Unheil an in der lieben Welt, und das nicht einmal durch unser Tun und Lassen, sondern durch unser bloßes Dasein. Allein durch die Art unseres Daseins, ständig voll da, ständig in der Überzahl, ist unsereiner eine Beleidigung allein schon für das Auge – es muß ja nicht das Auge Gottes sein –, und eine Kränkung für die Seele. Es muß ja nicht gleich die Weltseele sein: Auch die Tierseelen kränken wir, vom frühen Morgen bis in die späte Mitternacht, die Seele des Igels, die Seele der Amsel, die Seele des Regenwurms, die Seele der Eule. Es gab eine Zeit – gelobt sei sie –, da standen nicht wenige Männer während des Gottesdienstes draußen im Freien und palaverten über dieses und jenes. Aber heute, statt endlich überhaupt wegzubleiben, samt ihren unseligen Weibern, drängen sie sich zu jeder sogenannten Andacht oder Frohbotschaft vollzählig in die Kirche und stören die heilige Liturgie einfach durch ihr Dasein, durch ihr sinnloses Dastehen und Dahocken; beleidigen das Gotteshaus, oder schlicht den

Raum. Sogar in ihrem Hinknieen, in ihrem Kniefall, ist kein Hauch Sinn. Und das sind die Generationen, die heute herrschen, die das Sagen haben. Und dabei richten wir das Unheil nicht einmal mit Vorbedacht an, nicht einmal fahrlässig. Die Unheilstifter der Epoche, sie sind keine Bösen, keine Dämonen. Jede Spur des eigens Bösen in ihnen ist ausgemerzt. An dem Unheil, das wir durch unser bloßes Dasein anrichten, sind wir unschuldig. Nicht mehr die vorsätzlich, schon im Instinkt, bösen Stiere zertrampeln, spießen auf, schlitzen auf, sondern die stieren zeitgemäßen Ochsen, vorsatzlos, bewußtlos, schlechter noch: ahnungslos. Unsere Jetzt-Leute zielen nicht erklärt auf das Unheil ab. Sie sind das Unheil. Das schuldlos Schlechte nimmt inzwischen, machtvoll und auch nicht mehr zu bekämpfen, die Stelle des einstigen Bösen ein.«

Endlich wendet sie sich doch wieder der Besucherin zu, und entsprechend ändert sich jetzt auch ihre Stimme: »Kein Wunder, daß mehr und mehr Kinder genug von uns haben, nicht wahr, mein Kind? Allein schon, weil wir bildbestimmenden Generationen kaum mehr Gesichter haben – mit einem ganz anderen Recht als dem der Bilderstürmer wären die meisten Gesichter von uns Heutigen mit Kalk zu überstreichen, nicht wahr? Ja, die Kinder haben uns über. (Von den richtig Alten, den verlassenen, zu schweigen.) In den Augen ach so vieler Kinder sind wir Eindringlinge. Aber: Diese Kinder, so sehe ich sie, sind, Wunder, o Wunder, wieder Menschen, Menschlein, auch Stiere, Stierlein. Und in den Augen von dem und jenem von ihnen ist auch klar zu lesen: Aufruhr, Umsturz; weg mit euch Eindringlingen. Und Tatsache: Auf uns Menschenfeinde loszugehen, das wäre endlich einmal ein gottwollter Kinderkreuzzug. Das wäre, täten sich alle diese Kinder zusammen mit den unzählig versprengten Alten, der erste wahrhaft gerechte Krieg. Doch was geschieht mit diesen Kindern stattdessen? Sie verschwinden, gehen, jeden Tag mehr, verloren, sind verschollen. Die Plakate, die Suchmannschaften, die Suchhubschrauber sind ja nicht zu übersehen: Ein Kind ist abgängig hier auch bei uns, seit fast einer Woche. Mir kommt es vor, seit bald einer Ewigkeit. Die offizielle Suche soll morgen eingestellt werden. Keine Spur hat man von dem Kind gefunden, nicht die kleinste. Alle Hinweise grauer Dunst. Hellseher, Wünschelrutengänger, der letzte Ureinwohner von hier, aus der Zeit noch ohne Salzbergwerk, der seine Gegend kennt wie, sagt man, ein Indianer seine Jagdgründe: ein Schatz aus dem Krieg ist so wiederaufgetaucht, eine Heilquelle wurde entdeckt, die erste Trüffel seit der Erschaffung der Welt ist hier zu Tage gekommen, hier – aber von dem verschwundenen Kind: kein Schuhband, kein Jausenbrotkrümel, kein Apfelrest. Dieses Kind, es muß gefunden werden, lebendig, kein Haar an ihm gekrümmt – oder höchstens eines, oder zwei. Bleibt es verschwunden, so – so – so verschwinde auch ich, jedenfalls aus meinem Sprengel. Zu viele Filme gibt es über den Verlust eines Kindes. Schon ein einziger Film über den Verlust eines Kindes ist zu viel. Schon morgen vielleicht wird der Winter hereinbrechen. Und wie kalt sind die Winter hier. Und wie kalt sind jetzt schon die Nächte, Kind. Je mehr Wasser, desto kälter. Und vom Osten nähern sich wieder die Wölfe. Und die Sumpfschlangen sind neuerdings winterfest. Und von den Beeren jetzt an den Sträuchern wird keine mehr reif. Und von den Wildäpfeln zieht es einem höchstens das Arschloch zusammen.«

Sie ist aufgestanden und an eins der Fenster getreten, das sie nun aufreißt mit dem Ruf, oder Schrei: »Andrea!« (Mädchen? Junge?) Eine Zeit vergeht so mit Warten. Stille. Das Fenster wird geschlossen. Ein Fingernagel kratzt über die Scheibe, der sich nach einem richtigen Nagel anhört.

Die Pastorin setzt sich zurück an den Tisch, legt sich den Finger quer über die Stirn und blickt die Besucherin an, unentwegt, wie fordernd, nicht nachlassend. Die andere: als habe sie gar nicht recht zugehört. Jetzt aber steht, nein springt sie auf und geht zu der einen fensterlosen Wand, mit einer Art Estrade davor. Darauf stellt sie sich mit dem Rücken zum Raum. Und so spricht sie dann auch:

»Immer habe ich eingreifen wollen.
Kämpfen habe ich wollen.
Bekämpfen.
Ausräuchern.
Erlösen, mich und dich, von dem Übel.

Wegmusizieren das Unheil, bis morgen,
und warum nicht bis übermorgen?

Immer habe ich einspringen wollen.
Einspringerin, das war mein
Traumberuf.
Aber inzwischen: nirgends ein mögliches
Einspringen mehr.
Welcher Kampf? Und was für ein
Kampf?

Ja, die Mächte sind unbesiegbar geworden.
Alle, lückenlos alle.
Und jedes Kämpfen ist sinnlos.
Und jeder Widerstand zwecklos.
Denn niemand, der zuständig ist.
Denn niemand, der verantwortlich ist.

Die Menschenrechte? Kein einziges
Menschenrecht besteht mehr.
Eine neue Menschenrechtserklärung?
Von wem? Wo? Mit welcher Wirkung?

Ja, es ist die Hölle.
Und ganz anders als in der Vorstellung.
Und ganz anders als in der Überlieferung.

Eine Hölle ohne Teufel.
Eine Hölle ohne Flammen.
Eine Hölle ohne Schall und Wahn,
erzählbar von niemandem.

Eine melodische Hölle, eine summende
Hölle,
eine Hölle aus zehn Milliarden verschiedener
Erkennungsmelodien.
Eine Hölle der Apparaturen, Tastaturen und
Systeme.

Und kein Gott, welcher spricht aus dem
Säuseln des Windes:
Was da säuselt von unten und oben,
von rechts und von links,
von Westen wie Osten,
Tag und Nacht säuselt, und säuselt, und
säuselt,
das ist kein Säuseln eines Windes,
das ist das Säuseln der Hölle,
der Hölle auf Erden, der Erde als Hölle.
Und dieses Säuseln höret nimmer auf.

Aale und Salamander.
Falken und Weberknechte.

Glasziegel und Eiszapfen.
Holunderpfeile und Peitschenstiele.
Liebe und Tod.«

Die Pastorin steht allein vor dem Fenster, mit dem Blick auf die verlassenen Weideflächen vor dem Salzmassiv. In der Ferne geht eine einzelne kleine Gestalt durch die Ebene. Der Zuschauerin gibt es bei dem Anblick einen Ruck, und sie sagt: »Nein. Das Verschwundene bewegt die Schultern anders.« Sie macht es vor. »Und es hält den Kopf auch nicht so gerade.« Sie legt den Kopf schief. »Und beim Gehen haben ihm die Arme viel kräftiger gebaumelt.« Sie läßt ihrerseits die Arme baumeln.

Die andere geht indessen mit ihren großen Schritten – was nicht heißen muß, daß sie schnell ist oder sich beeilt – über Stock und Stein, durch Zäune schlüpfend oder sie überspringend, durch das Weideland auf das Salzbergwerk zu. Es ist nicht mehr lang bis zur Dämmerung. So problemlos das Querfeldein wirkt: die Hindernisse, gar Bedrohungen folgen aufeinander. Trotz der längst nicht mehr benutzten Grasflächen bekommt sie unversehens von einem der Zaundrähte einen Stromschlag, der sie fast umwirft. Die verirrte? Kugel eines Jägers? pfeift an ihrer Schläfe vorbei. Ein friedlicher älterer Querfeldeinwanderer, nachdem er vor ihr den Hut gezogen und sie angelächelt hat, stellt ihr augenblicklich ein Bein. Und kurz vor dem Saum des Salzbergs prasselt es von einem Steinschlag, wie aus den höchsten Himmeln, ein Meteor? Und als sie dann die Absperrung dort überwunden hat – wie ich sie mittlerweile ein wenig kenne, war das für sie ein Kinderspiel – und aus dem kleinen See zu Füßen Wasser zum Trinken schöpft, ist dieses noch ungleich salziger als das vom Toten Meer. Und von der Kuppe oben bricht jetzt – daß so etwas möglich ist! – eine regelrechte Salzlawine los, genau auf sie zu, während aus den niedrigen Wolken plötzlich Flugzeuge hervorschießen, ganz und gar keine Suchflieger oder Suchmaschinen mehr, wie auf der Jagd nach den all die Zeit mit ihr mitgekurvten Vögeln zu ihren Häupten.

In der tiefen Dämmerung, mit Schneisen von Tageslicht darin, steht sie mir dann hoch oben auf dem Salzmassiv, zu ihren Füßen die Bergwerkssiedlung, die sich an ihrem Ende hinaufzieht an einem deutlich kleineren, sozusagen natürlichen Hügel, wohl einer Eiszeitmoräne. Da und dort gehen in den, bis auf die Wohnsitze der Leitenden Ingenieure zuoberst auf der Moräne, völlig gleichförmigen Häusern die Lichter an. Sie sucht mit dem Zeigefinger den Weg durch die Häuser, bis sie fündig wird: es ist das Bauwerk ganz oben, das momentlang sehr nah wirkt. Ihr Abstieg dann, Schritt für Schritt im stark knirschenden Salz, vorerst dem einzigen Geräusch weit und breit.

Dann durchquert sie die Siedlung, dort, wo diese sich schon wieder leicht hügelan zieht. Die kargen Bauten haben ein jeder gar nicht so kleine, ja beinah herrschaftliche Gärten um sich, mit hohen Bäumen. Langsam, Leuchtgrad um Leuchtgrad, flammen die Laternen auf. Sie spiegeln sich in den Fenstern jener Häuser, es sind nicht wenige, in denen kein Licht an ist. Ob Licht oder Dunkel: Da und dort dringen Geräusche aus dem Innern, Sprechstimmen fast nur, und sie ist zum Hören immer wieder stehengeblieben. »Sei still!« kam es einmal aus einem Haus, und in der Folge noch mehrmals, gesteigert, doch so, als spreche da jemand mit sich selber. In einem anderen Haus dann: »Noch sehe ich. Noch bin ich nicht blind.« In wieder einem anderen: »Und jetzt? Und jetzt?« In wieder einem anderen: »Der Norden ist immer noch der Norden.« Und in wieder einem anderen: »Heute habe ich Bitteres verdient.« In wieder einem anderen: »Bin ich noch da?« Und in wieder einem anderen: »Ach, habe ich es schön!« In wieder einem anderen: »Keinen Vater zu haben hat seine Vor- und Nachteile.« Und dann: »Und schon wieder der Schmutz.« Und: »Jetzt wird gelesen!« Und: »Und Frieden ist keiner.« Und: »Wenn mein Kind mich belügen muß, ist es aus mit mir.« Und: »Man weiß nie.« Und: »Nicht zählen!« Und: »Mutter!« Und einmal ließ sich aus einem der Häuser eine Singstimme hören, ein Gesang wie aus dem tiefen Afrika, den sie im Vorbeigehen draußen für mich übersetzt: »Mariama, komm zurück … Ein Unglück ist geschehen im heiligen Wald des Dorfes … Ein großes Unglück ist zugestoßen deinem Sohn …«

In Serpentinen ist sie weiter hügelan gegangen. In den Fenstern eines der Gewerkenhäuser brennen Kerzen, während im Innern zugleich das elektrische Licht an ist und die Silhouette eines alten Mannes an einem für mindestens drei gedeckten Tisch zeigt; vor ihm am Fenster das Gesicht einer alten Frau, die in die Nacht äugt, ebenso wie neben ihr eine Katze.

Wie sie ihren Weg bergan fortsetzt, auf einer Zwischenstrecke ohne Häuser, in einem fort nach rechts, links und über die Schulter schauend, sich auch im Kreis drehend, hat das etwas von einem Sichern und Kundschaften. So kommt sie dann an vor dem obersten, wenn auch nicht größten der Häuser, Haus wohl für eine Einzelfamilie, während die Häuser unten für eine Mehrzahl von Familien, mit mehreren Eingängen, gebaut sind. Das Bauwerk hier ähnelt einem Pfahlhaus, ohne Pfähle, oder einem Baumhaus, ohne speziellen Baum. Es steht frei da in der Hügelkuppenwiese, ohne Zaun und ohne Garten. Im Rücken hat sie das mondglitzernde Salzgebirge (von ihrem Standpunkt aus ist es in der Tat ein Gebirge).

In den Fenstern des Baumhauses brennt überall Licht. Zwei Etagen: In der oberen sitzt ein

Kind, ist es nicht das von der Kanalbrücke?, bei den Schulaufgaben; in der unteren steht ein Mann, ja, der von der Brücke, der aus dem Bergwerk, vor dem Wandporträt einer Frau. Mehr ist von dem Raum nicht zu erkennen, verdeckt, wie er ist, von Pflanzenwerk wie Bambus, Efeu, Schilf, draußen am Saum der Wiese, die knapp vor der Hausmauer endet.

Was tut sie? Sie wirft Steinchen gegen das untere Fenster. Der Mann drinnen braucht lange, bis er hinhört. Fährt er zusammen? Nein. Wie gedankenverloren geht er zur Tür, ohne einen Blick aus dem Fenster; nur das Kind oben hat momentlang den Kopf nach dem Klicken, fast schon Klirren gewendet. Der Mann öffnet: niemand? Jetzt aber tritt sie aus dem Nachtschatten. Er zeigt sich kaum überrascht. Es ist, als wüßte er schon, was gespielt wird. Seinetwegen kann das Spiel nun also beginnen. Spiel? Der Mann: »He, Fremde.« – Sie: »He, Fremder.« – Er: »Lang hat's gedauert. Lange haben Sie auf sich warten lassen.« Er gibt ihr den Zugang frei, indem er einen Schritt zur Seite tut und dann im Hausinnern verschwindet. Sie läßt sich freilich vorderhand nur auf der breiten Hausschwelle nieder. Reglos sitzt sie da, an den Türpfosten gelehnt, wie schwerer und schwerer werdend, wie mit der Schwelle einswerdend; eine Herausforderung? »Ja, endlich ist sie da, die größte der Herausforderungen.«

Der Mann hat das gesagt, im Zurückkommen, umgezogen für den gemeinsamen Abend, mit einem entsprechenden Kleid auch für sie über dem Arm. Er zieht sie von der Schwelle empor, mit den Worten: »Willkommen, schöne Drohung!« Und sie läßt sich, langsam, Ruck um Ruck, emporziehen. Sie stehen einander gegenüber, beide auf einmal überraschend groß, und er überreicht ihr das Gewand für das gemeinsame Nachtmahl.

Während sie sich irgendwo im Haus umzieht, warten der Salzherr und sein Sohn unten am Nachtmahltisch. Zwischen ihren Gedecken ein drittes, bereit wie schon seit geraumer Zeit. Und die Fremde kommt nun die Treppe herabgestiegen, als sei das ihr angestammter Weg, und nimmt mit Selbstverständlichkeit zwischen Vater und Kind ihren Platz ein; ohne Schmuck wirkt sie geschmückt, auch durch das Kleid? Der Sohn, nachdem er den Vater mit einem Frageblick bedacht hat – sollte dieser Platz nicht für immer leer bleiben? –, betrachtet die Fremde voller Staunen, und statt daß der Mann etwa sie sich vorstellen ließe, stellt er sich und das Kind vor (hat nicht auch er einen Akzent?): »Ich stamme aus dem Osten, bin gelernter Bergwerksingenieur und leite das Salzbergwerk hier. Mein Sohn geht hier in die Werksschule. In der Werkssiedlung leben inzwischen weniger Bergleute als Anderweitige, Flüchtlinge, oder, wenn Sie wollen, Ausgesiedelte, Umgruppierte. Wird die Werksschule nicht demnächst auch den Kindern dieser Neuankömmlinge zugänglich, so wird mein Sohn vielleicht bald der einzige Schüler dort sein, und die Schule wird schließen müssen. Mein Sohn und ich, wir leben allein in dem Haus hier. Seine Mutter, meine Frau, ist gestorben. Sie hat uns verlassen auf die Stunde genau vor drei Jahren, vier Monaten und zwölf Tagen. Es war an einem Sommerabend. Ich war nicht dabei. War unten im Bergwerk. Aber ich habe es im selben Augenblick mitbekommen, so wie ein Erdbeben ganz weit weg, durch das es dort, wo man ist, auf einmal still wird, grauenhaft still, totenstill. Unser Kind kümmert sich ganz allein um das Haus. Er bügelt. Er näht. Er repariert. Er putzt. Er malt die Zimmer aus. Er kocht. Er wäscht ab. Er hackt Holz.«

Als der Vater anfing, ihn vorzustellen, stand der Sohn auf und ging aus dem Raum. Und nun kehrt er zurück und trägt stumm den ersten Gang des Nachtmahls auf. In der Folge bleibt er der Speisenaufträger, auch Mundschenk. Die beiden so Bewirteten lassen das mir nichts, dir nichts geschehen. Auffällig, daß der Hausherr dem Gast dabei nicht von Angesicht zu Angesicht gegenübersitzt, sondern den ganzen Körper von der Frau abgekehrt; auch zuvor schon, bei der Vorstellung saß er so.

Dann hat das Kind die Teller und Schüsseln abgetragen. Keinmal hatte es dabeigesessen und mitgemahlzeitet. Nur noch zwei Gläser stehen auf dem Tisch. Und nun bedenkt es den Vater mit einem weiteren Frageblick: Darf ich zu Bett?, worauf der Vater zurückblickt, ohne ein Nicken: Ja. So verabschiedet sich das Kind für die Nacht, bei dem Mann mit einer fast gewaltsamen Umarmung, bei der fremden Frau mit einer gespielten Verbeugung.

Obwohl die beiden dann einander wie zuvor gegenübersitzen und auch die Gläser nicht leerer geworden sind, ist spürbare Zeit vergangen. Tiefe Nacht; stoffliche Stille, stofflich auch Licht, Schatten und Zwischenräume, der Raum selber. Der Hausherr meidet es nach wie vor, die Fremde da anzuschauen. Er will nicht, er darf nicht Auge in Auge mit ihr geraten. Ihrer beider Blicke dürfen sich nicht treffen. Kommt es dazu, so ist es um ihn, nein, um sie beide, geschehen: So geht die Wette; so geht das Spiel. Unversehens rückt sie nun aber zur Seite, und es kommt, vielleicht von keinem der beiden beabsichtigt, oder gar geplant, zu dem gemeinsamen Augenblick, mit dem für den Mann die Regel, nein, das Gesetz gilt, daß er ab da nicht mehr zurück kann. Weder darf er flüchten, noch darf er sie in die Flucht jagen. Er hat sich ihr zu stellen. Er ist in der Falle. In der ihren, der Frau da? Nein, keiner irgend persönlichen – einfach in der Falle. Dabei bleiben er wie sie ohne jede Bewegung, ihrer beider Hände auf dem Tisch gleichermaßen still nach oben gekehrt. Nur scheinbar nähern sie sich einander. Doch stofflich ist auch dieser Schein.

Und wieder dann eine Photowand, Monumentalphotos vom Innern und tiefsten Innern des Bergwerks, abgelöst von Schemazeichnungen von der Ablagerung einst des Salzes im vorzeitlichen Meer, der Auffaltungen später im Erdinnern, dem Aufstreben der hellen Salzstöcke im dunkelschraffierten Lehm und Ton. Und hörbar dazu die Stimme des Salzherrn, wie er von seiner verstorbenen Frau spricht, welche aber keinmal ins Bild rückt: »Nie habe ich ihr nahkommen können. Sie war da, und wie sie da war! Aber nie sind wir richtig zusammengewesen, nie. Ich war es, der nicht zu ihr gefunden hat, nicht und nicht, und nicht. Der sie nicht an sich herangelassen hat. Heimatlos ist sie geblieben mit mir bis an ihr Ende, heimatloser, am heimatlosesten. Ein Herzverfehlen war das meinerseits. Meine Schande, meine Schmach, meine Schuld. Diese Schuld aber habe ich jeweils den Umständen gegeben: Dem Ort, der Zeit, dem Hier und Heute, dem Zustand der Welt, der Welt überhaupt. Einen Dritten glaubte ich zu brauchen, damit der mir und meiner Frau vorleuchte. Verflucht habe ich ihn, weil er nicht kam, dieser Dritte, und manchmal ist mir, sie sei mir auch durch sein Ausbleiben weggestorben. Dann freilich, nach ihrem Weggehen, die Erscheinungen Nacht für Nacht: nicht des Dritten, ihrer selbst. Ihrer ganz selbst; denn sie kommt mir dabei unvergleichlich näher als jemals im Leben. Endlich bin ich dann mit ihr, nichts leichter als das, nichts natürlicher, nichts ungeheuerlicher. Nichts einschneidender als ihr Erscheinen. Nichts wachrufender. Sie mußte demnach erst sterben, damit die Trennwand verschwand. Mußte sie? Auch bedrohlich ist ihr Erscheinen. Mit dem Jubel macht sie mir zugleich Todesangst.«

Er hat innegehalten. Und jetzt wendet er sich der Eindringlingin zu: »Sind Sie gekommen, mich zu holen? Habt ihr euch beide verbündet? So holt mich.« – Sie: »Ich weiß, es graut Ihnen vor mir. Aber ist das nicht ein besonderes Grauen? Drängt es Sie nicht zugleich, sich einzulassen? Und Sie werden sich einlassen. Doch keine Angst: Vorerst genügt es mir, Ihr Gesicht anzuschauen.« – Er: »Einlassen, als ganzer, mit Leib und Seele, habe ich mich immer nur können, wenn ich von einer Frau mich gebraucht sah. Nein, mehr noch: Wenn ich sie retten sollte. Wenn sie mich als den Retter wollte. Und Sie hier: Weder brauchen Sie mich, noch wollen Sie gar von mir gerettet werden. Sie sind gekommen, um zu sterben und mich mit in den Tod zu nehmen. Sie, Frau, verkörpern den Tod.« – Sie: »Woher wissen Sie das?«

Beide haben sie dann innegehalten, lange, und betrachten das Gesicht des anderen.
Er: »Mich einzulassen, hieße: Sie betrügen.«
Sie: »Sie? Ihre Frau?« Er: »Nein. Sie da, Sie hier.«
Sie: »Woher wissen Sie das? War Sicheinlassen nicht einmal das ursprüngliche Wort für Lieben?

›Und es klagte Lancelot:
So hört mich an, Königin!
Doch diese, zu seinem Gram
Und zu seiner Wirrsal,
gab ihm mit keinem Wort Antwort,
sondern ging weg in ein Zimmer.
Und Lancelot wollte auch da hinein,
mit den Augen und mit dem Herzen,
und kurz war der Weg für die Augen,

so nah war das Zimmer,
und so gerne wären die Augen
miteingetreten – unmöglich.
Allein das Herz, das nobler ist,
und auch mehr Meister seiner selbst,
und auch mehr Macht hat,
ist ihr dorthinein nach,
und die Augen sind draußen geblieben,
voll von Tränen – und auch der Körper ...‹

Jetzt sage ich es: Ja, wenn wir beide, unser beider Körper, einander lieben, müssen wir sterben, Sie mit mir, und ich mit Ihnen. Jetzt ist es gesagt. Und da es gesagt ist, hat es zu geschehen.«

Der Gastgeber hat ihr reglos zugehört, und ist dann mit einem Ruck aufgestanden, wobei der Sessel umfällt. Hat er ihn absichtlich umgeworfen? Für einen Augenblick erscheint sein Gesicht wutverzerrt. Und beißt er sich jetzt nicht in die geballte Faust? Einen Augenblick danach aber stellt er den Sessel wieder auf und sagt nur: »Morgen früh fahren wir miteinander unter Tag, bis hinab zur untersten Sohle.«

Unter Schweigen, auch fast geräuschlos bewegen sich die beiden durch das nächtliche Pfahlhaus; höchstens wird ab und zu ein Klingeln hörbar von den Armreifen, mit denen die Fremde sich unversehens doch geschmückt zeigt. Das Haus auf dem Eiszeithügel, von außen so klein, zeigt sich von innen, von Raum zu Raum, und von einer Treppe zur nächsten, zum Staunen ausgedehnt, mit langen Fluren, von denen anscheinend noch und noch Kammern weggehen. Er bewegt sich vor ihr her; sie folgt im Abstand.

Sie sind angekommen vor dem Zimmer des Kindes, schon außen an der Tür zu erkennen an einem der üblichen Zeichen. Er öffnet lautlos die Tür, schließt sie. Und da ist die Fremde, die ebenfalls einen Blick hineingeworfen hat, ihm ungewollt auf einmal so nahe, wie näher kaum möglich. Ist es, um sich dieser Nähe zu erwehren, oder, im Gegenteil, um sie zu erhalten, daß der Salzherr wieder, entsprechend leise, ins Reden fällt?: »Mein Kind ist mir alles geworden. Tag und Nacht möchte ich ihn bei mir haben. Ohne ihn um mich: das große Schuldgefühl. Und dafür, daß ich ihn einen Tag um den andern alleinlasse, hasse ich für Momente die ganze Weltordnung, oder eben meine Tag- oder Nachtschichten. Und andererseits genügt manchmal sein bloßer Anblick, sein so unschuldiger Anblick, gerade der, und es drängt mich, und zugleich fürchte ich mich davor, meinen Sohn, meinen Nachkömmling, zu verprügeln. Das bloße Bewußtsein, daß dieser kleine Mensch, mit dem Scheitelwirbel hinten auf dem Kopf – er hat sogar zwei solcher Wirbel –, mit dem traurigen Mund, mit den für nichts und wieder nichts strahlenden Augen, mein Sohn, mein eigen Fleisch und Blut ist, drängt mich, ihn durch einen Fußtritt zur Tür hinaus zu befördern, möglichst in den tiefsten Dreck draußen. Und ich habe bei dem Gedanken nicht einmal ein schlechtes Gewissen: Denn eines Tages las uns dazu die Pastorin in der Kirche ein Kapitel aus dem Alten Testament vor, wo es ungefähr heißt, der Vater, und zwar ein jeder Vater, habe aus seinem Sohn – nicht einer Tochter, nicht einem Mädchen, nur einem Jungen – das Böse herauszuprügeln, und zwar, ehe dieses sich zeige, oder ich habe das so verstanden, ein jeder Vater habe seinen noch ganz unbösen, noch völlig unschuldigen Sohn schon im voraus zu prügeln, von morgens bis abends, bei jeder Gelegenheit, aus heiterem Himmel, systematisch, als Vorsorge: solch Prügeln hindere später das Böse, in den Sohn einzudringen; denn sei es einmal in den Menschen eingedrungen, sei es nicht mehr aus ihm herauszuprügeln.«

Sie halten dann vor der Tür einer Kammer, die wohl als die ihre bestimmt ist. Er öffnet ihr. Betrachtung der Gesichter, gegenseitig. Sie sagt dann: »Wir haben noch Zeit. Auch ich spüre ein Grauen. Aber ein anderes als das Ihre, das ein Grauen vor Körpern ist, vor den Frauenkörpern.« – Er: »Ja, nur vor ihr hat es mich nicht gegraut. Ihr Körper war meine Heimat.« – Sie: »Es gibt kein Zurück mehr. Wissen Sie das?« – Er: »Ich weiß.«

Die Kammer, zunächst hell ausgeleuchtet, in der sie dann allein ist, ähnelt dem Baldachin-Gemach der Vornacht, im Wohnort ihrer Mutter. Sie hat gleich an der Tür mit einem Griff alle die Lichter ausgeschaltet, und vor dem einzigen Fenster zeichnet sich so der Salzberg ab, samt den Fördertürmen. Das gesamte Werksgelände ist grell von Lampen umzirkelt, wie ein Militärcamp oder ein Fort. Die Siedlung im Mittelgrund ist längst ohne Licht. Nur in jenem einen Haus brennen in den Fenstern immer noch die Kerzen oder die Windlichter. Klagelaute scheinen daraus hervorzudringen, ein Wimmern, nah am Gesang. Oder ruft da ein Tier? Die in der Kammer beißt sich in die Faust, wie zuvor der Salzherr. In dem nächtlichen Wolkenfeld sehr hoch im Himmel ist eine, eine einzige Wolke in Bewegung, in kaum wahrnehmbarer. Und auch in den Reihen der in den ehemaligen Gewerkengärten aufgehängten Wäsche schwenkt jeweils nur ein einziges in dem Zug des schwachen Nachtwinds.

Der Salzberg und die Siedlung im Frühmorgenlicht. Ein paar, wenige, rauchende Schornsteine. Beinah-Menschenleere, bis auf die Silhouette des Pförtners, in Uniform mit Schirmmütze, in dem Pförtnerhäuschen. Das wehende Gras der Hügelkuppenwiese im ersten Licht, und im Gegenlicht die durchsichtigen Tautropfen, einige freilich erscheinen farbig, amethystblau, auch rötlich, fast bronzen. In einem Vorgarten schaukelt ein leerer Korbstuhl im Morgenwind, der entschieden stärker bläst als der Nachtwind. In dem sonst glatten, windgeschützten Kanal unversehens eine einzige Welle. In sämtlichen Bäumen des »Toten Winkels« aber ein im Gehör mit der Zeit anschwellendes Rauschen.

Der Salzherr, sein Sohn und die Fremde sind versammelt in der Küche des Baum- oder Pfahlhauses. (Obwohl sie nur zu dritt sind, und im Abstand sitzen, geben sie in der Tat den Anschein einer Versammlung.) Das Kind hat das Frühstück abgetragen, samt den Tassen. Sein Schulranzen steht bereit. Der Vater bürdet ihm diesen, der offenbar überschwer ist, auf. Schon in der Tür, kehrt das Kind um und setzt sich zu den beiden. Was er erzählt, gilt freilich allein der fremden Frau: »Ich bin so gern als erster im Schulhof, lang vor den andern. Im Winter ist es dann noch stockfinster, und auch wenn es vielleicht bitter kalt ist, spüre ich die Kälte nie. Oh, wie freue ich mich auf den Winter. Manchmal, wenn ich dort allein im Hof stehe, oder im Kreis gehe, oder in Achterbahnen, kommt die Mutter daher. Hierher, nachhause, kommt die Mutter nie. Meine Eltern waren nicht gut miteinander. Zwar haben die Tage oft gut angefangen. Beim Frühstück haben sie viel gelacht, über nichts und wieder nichts, haben geflüstert und getuschelt und einander an den Haaren gezogen, ärger als die Kinder im Kindergarten. Und noch kindischer, wenn sie dann einander endlos in die Augen geschaut haben, ohne ein einziges Wort, wie zwei Igel, oder zwei Frösche, oder zwei Eidechsen. Ich habe für die beiden gar nicht gezählt, und das war mir auch ganz recht so. Aber an den Abenden sind sie regelmäßig bloß noch dagehockt und haben aneinander vorbeigestarrt, ein jeder in einen Winkel. Zum Nachtmahl habe ich die Eltern fast jedesmal suchen gehen müssen, einer in einem Zimmer weit weg vom andern. Einmal hat dann der Vater dort still geweint, einmal die Mutter dort.« Fast spricht er nun, als lese er ihr etwas vor aus einem Tagebuch: »Seit wir allein sind, weiß mein Vater nicht, was mit mir anfangen. Ich störe ihn. Mein Vater will mich nicht um sich haben. Wenn er einmal aufmerksam ist und teilnahmsvoll, dann tut er nur so. Mein Vater lügt. Er ist falsch. In Wahrheit möchte er weg von mir, weg von hier, auf und davon, nirgendswo mehr bleiben, nur noch unterwegs sein, kreuz und quer durch die Welt irren – nicht reisen, irren, ohne Ziel, allein, ganz allein. Und kann das nicht. Und ich bin schuld. Ich bin die Ursache.« Und er wendet sich nun doch an den Mann und lacht diesen an, wie nur ein Kind: »Bist nicht da, lieber Vater. Bist nicht mehr da. Bist schon die längste Zeit nicht mehr da.«

Der Salzherr und die Fremde unterwegs zum Werksgelände. Ich sehe sie an den Häusern, den unteren, der Siedlung vorbeigehen. Sie lassen sich Zeit. Insbesondere der Mann bleibt immer wieder vor dem einen oder anderen der Häuser stehen – während sie dagegen es eiliger zu haben scheint? Es ist nun offensichtlich, daß in kaum einem der Objekte, so sie überhaupt bewohnt sind, die Bergleute hausen: Gerümpel noch und noch in den Gärten, ausgeweidete Maschinen. In einem der Untergeschosse ist ein wie improvisierter Laden eingerichtet, ohne jede Reklame, nichts als die Kaufdinge in den Fenstern, und dazu Pappschilder mit der Aufschrift: MILCH/ BROT/ FLEISCH// BAR. Inzwischen sind die meisten der dort Hausenden im Freien und lassen sich in großer Selbstverständlichkeit sehen. Einmal wirkt allein schon solches Sichsehenlassen als Gruß; einmal kommt es auch zu ausdrücklichem Grüßen, einem freilich stillen, mit Hut- oder Kappeziehen; und einmal, ein einziges Mal, zeigt sich einer der Neusiedler überrascht, über den Anblick der Frau da, nähert sich, staunt sie an und sagt lauthals (und natürlich wieder mit Akzent): »So was. Eine Schönheit. Die erste schöne Frau, seit es uns hierhergeschwemmt hat. Und eine Schönheit voll der Herzlichkeit, etwas äußerst Seltenes, selten Gewordenes. Eine nahbare Schönheit, keine unnahbare. Bleib bei uns, Schönheit, geh nicht fort von hier.« Zwischendurch aber nicht wenige Umgruppierte, die, völlig in sich gekehrt, abwesend in dem Vorgartenkram stöbern oder, in ähnlicher Weise, gar nichts tun.

Der Grubenherr hat, auch um Zeit zu gewinnen?, auf dem ganzen Weg wieder erzählt: »Seit jeher war das hier eine Flüchtlingsgegend. Lange, bis nach dem letzten Krieg, und noch in den Jahrzehnten danach, kamen wir Flüchtlinge ausnahmslos aus dem Osten. Und bis Ende des vergangenen Jahrhunderts sind die meisten von uns hier heimisch geworden, fast – haben jedenfalls Arbeit gefunden im Salz, haben sich in der Gegend eingekauft. Aber die Flüchtlinge dieses neuen Jahrtausends werden ganz und gar nicht mehr heimisch. Und sie kommen inzwischen aus sämtlichen Erdgegenden, wie aus dem Osten, später dem Süden, genauso, mehr und mehr, aus dem Norden und dem Westen, ja, dem Westen. Die heutigen Flüchtlinge bleiben ganz unter sich. Und unter sich heißt nicht untereinander. Denn sie stammen von Tür zu Tür, und das innerhalb der Häuser, aus grundverschiedenen Weltregionen, verstehen die Sprache des Türnachbarn nicht, verstehen auch von der hiesigen nur ein paar Floskeln. Diese, wie sagt man, Umstrukturierten wollen ja arbeiten, sehnen sich sogar nach Arbeit, und nicht nur zum Geldverdienen – nur sind sie durch die Flucht dazu unfähig geworden, wohl für immer. Sie sind auf Dauer unter Schock. Sind, ein jeder für sich, in diese Landschaft gestolpert und gepurzelt wie auf offenem Meer von einem Schiff gestoßen und dabei fast ertrunken. Und der Schock weicht nicht. Sie sind auf ewig Schiffbrüchige, zu nichts mehr fähig, als von früh bis spät sinnlos zu sortieren, und zu sammeln. Freilich: sammeln, das immerhin können sie, wie keiner von den Angestammten. Was die so alles sammeln, oho! Nur so recht fündig werden sie nie. Manchmal scheint mir, sie sind die Überlebenden des Dritten Weltkriegs, der rund um uns schon seit langem wütet, unerklärt, wenig sichtbar, aber umso böser. Sicher ist: sie sind Überlebende und haben in ihrem Überlebenskampf jede Lebenskraft verloren. Von Grund auf Verwirrte sind sie. Und ständig verirren sie sich auch, im Garten, im Haus, treten durch die Tür des Nachbarn statt durch die eigene, und merken es dann nicht einmal. Vor allem hat sie das Gehör für die Geräusche verlassen. Beim kleinsten Windsausen ducken sie sich, flüchten in die Häuser. Die meisten wissen nicht einmal, welches ihr Stammland war. Für sie gibt es nur noch böse Mächte. Und die bösesten Mächte sind die oben im Himmel: Sie sollten einmal sehen, mit welcher Verachtung, ohnmächtiger, sie da hinaufschauen, und das auch an den heitersten Tagen, gerade dann. Wenn sie überhaupt noch wünschen könnten – aber auch dazu sind sie nicht mehr fähig –, würden sie wünschen, dort unter Tage zu leben, ständig, tief im Innern der Erde, fern von dem jetzigen Himmel. Nie mehr Flugzeuge, nie mehr fliegen! das ist ihr Hauptsatz. Auch träumen können sie nicht mehr, und das ist ihnen anzusehen, nicht wahr? Dafür beten sie, von morgens bis abends – seltsame Gebete. Sie beten stumm, sogar innerlich stumm. Zwar tun sie einerseits nichts, was irgendwie Hand oder Fuß hat. Aber andrerseits verrichten sie all das, was sie so tun oder stümpern, als Gebet, die zweckloseste Handlung, die kleinste Bewegung. Einfach, indem sie zum Beispiel die Finger spreizen oder mit einer Zehe wackeln, beten sie. Der eine betet, indem er an seiner Zigarette zieht. Die nächste betet, indem sie die kochheiße Milch in einem fort umgießt von einer Tasse in die andere. Der dritte betet, indem er sich die Augen reibt. Und wieder einer betet, indem er mehrmals die Türklinke drückt, leise, und jedesmal leiser. Und wieder eine, indem sie die Schuhe putzt. Und einer, indem er sich einen Finger an die Stirn legt. Und dieses Beten schaut wieder einerseits nach nichts aus, soll das vielleicht auch. Aber wieder andrerseits ist es, wie nur je eines – ich kenne das Beten, ich bin ein Mann aus dem Osten –, ein inbrünstiges Beten. Es ist ein wildes Beten, wie ich noch keines erlebt habe, ein wildes, wildes. Sie beten mit allem, was sie sind und was sie haben. Und sie beten auf solche Weise nie für sich selber, vielmehr für die Abwesenden – für die, die von ihnen getrennt, von ihnen weggerissen worden sind – für die, die sie verloren haben, nein, fast verloren ... für diese Fastverlorenen beten sie. Und sie tun einzig, was in ihren Augen als solch ein Gebet wirkt: wozu nicht das Lieben gehört, weder die Nächstenliebe noch, die schon gar nicht, die Körperliebe. So ist hier seit Jahren kein Kind geboren worden. Das letzte war das jetzt vermißte, aus dem Haus mit den Kerzen in den Fenstern, aber das ist nun schon ein Jahrzehnt her.«

Was er ihr so erzählte, mußte nicht immer mit dem übereinstimmen, was sich ihnen beiden auf dem Weg zum Werk zu sehen gab. Zum Beispiel schleppte ein gar nicht so großer Junge in zwei Plastikkanistern Wasser wie von einer Quelle zu einem Haus. In einem der Gärten bereitete sich eine eher bejahrte Frau vor wie auf eine Hochzeit, die eigene, sich schminkend, kämmend, im Handspiegel betrachtend. Oder war das für ihren Transport in ein Krankenhaus? Einer jonglierte mit Äpfeln, und wie. Und auch eine Schwangere zeigte sich, und wie. Andrerseits doch einer, der sich selber ohrfeigt. Oder ist das eher eine Art Massage? Oder um zu sich zu kommen? Und einer, der auf die Knie fällt vor einem Holunderstrauch, einem kahlen, an dem jetzt, im Vorwinter, noch eine weiße Blütendolde aufgebrochen erscheint. (Gab es das? Ja, das gab es; auch mir ist das im letzten Herbst immer wieder begegnet.)

Der Salzherr und die Fremde im Übertagteil des Bergwerkgebäudes. Er händigt ihr das Gewand aus für die Fahrt unter Tag: Jacke und Hose weiß; weiß auch der Schutzhelm. In zwei benachbarten Kabinen kleiden sie sich dann um. (Ich sehe nur ihn; von ihr allein die Geräusche des Umziehens.) Er, umgezogen, steht, als wünschte er, die Kabine nie mehr zu verlassen. Nicht bloß Stille jetzt: ein großes beiderseitiges Schweigen. Und auf einmal fragt er sie durch die Kabinenwand: »Warum möchten Sie sterben?« – Sie, unsichtbar: »Ich möchte nicht. Ich muß. Ich soll. So ist es bestimmt. So wird es gefordert.« – Er: »Und warum?« – Sie: »Ich habe es ausgesprochen, daß ich es tun werde; habe so mein eigenes Urteil gesprochen. Und nun habe ich das zu vollstrecken. Es ist gesagt und hat getan zu werden. Und zugleich liebe ich das Leben wie noch nie. Und zugleich möchte ich lieben wie noch nie.« – Er: »Und von wem ist es so bestimmt?« – Sie: »Von niemandem – es ist einfach bestimmt.« – Er: »Und wenn ich mich mit Ihnen einlasse, heißt das, ich bin mitverurteilt?« – Sie: »Möchten Sie sich einlassen?« In der Kabine er und sein Schweigen. Und etwas sagt jetzt auch mir, fern von den beiden: »Laß diese Frau. Meide sie. Todesgeschichten, insbesonders gewaltsame, sind nicht dein Fach.« Aber dann wieder erscheint es mir als meine Sache, ihr weiter nachzugehen.

Und so sehe ich die beiden in der Aufzughalle auf den Lift in die Erdtiefe warten, beide wie der Müller und seine Müllerin – wären die Schutzhelme nicht –, oder eher wie die Müllerin und ihr Müller?; und sehe sie in dem Lift, wie der tiefer und tiefer unter die Erdoberfläche stößt. Sie schaut ihn unentwegt an, während er beharrlich wegschaut. Es wird spürbar wärmer. Ihm, der doch an die Hitze gewöhnt sein müßte, perlt der Schweiß; ihr kaum. Auf der ersten Sohle unten hat der Aufzug gehalten, und ein paar Salzbergleute, alle gleich weiß gekleidet, sind dazugekommen, mit einem stummen Gruß. Kein Staunen über die Frau im Bergwerk. Oder wird sie gar nicht als Frau erkannt? Die Hämmer an den Gürteln und Gurten der Bergleute, die Salzsteinbohrer, die Grubenlampen, die Sprengpatronen machen, indem sie aneinanderschlagen, etwas wie eine Tiefuntertagsmusik. Auf der Zielsohle angekommen, geht jeder der Knappen einzeln in seine Richtung. Selbst ihre Gesichter waren weiß, bestäubt von dem Salz, die Augen durchweg leicht gerötet. Der eine oder der andere hat für die Fahrt zu den noch tiefer gelegenen Stollen, zu denen kein Lift mehr hinbringt, einen der bereitstehenden, eigens für die Salzgrube gebauten Jeeps, deren Motoren speziell geschützt sind gegen den Kalifraß, bestiegen.

Das tun nach dem Verlassen des Lifts auch der Salzherr und seine Fremde. Mit dem Chef-Jeep beginnt ein großes, langwährendes Kurven durch das weitverzweigte unterirdische Stollennetz, hinauf, hinunter, hinunter – vor allem hinunter. Es ist, als wolle der Fahrer keinen einzigen von den Aberhunderten Stollen, die ihm sämtlich vertraut sind, auslassen. Eine Linkskurve folgt auf eine Rechtskurve und umgekehrt, und so weiter, und weiter, obwohl das Stollennetz sich mit der Zeit zu verengen scheint. Auf langen Zwischenstrecken, von dem Jeep rasant genommen wie bei einer Rallye, liegen die Stollen in einer vollkommenen Finsternis, ohne eine einzige Glühbirne oder etwa ein Notausgang-Leuchtschild, und die Wände blaken einzig in den Jeepscheinwerfern aus der Schwärze hervor, dort ein Glitzern, starkes, des Salzgesteins für kleine Momente, im Vorausblicken aber in die Stollentiefe, wo der Scheinwerfer nicht hinreicht, das absolute Dunkel. Auf den beleuchteten Abschnitten mehr und mehr eine starke Diesigkeit, eine Art von Salznebel, aus dem von Zeit zu Zeit in vagen Konturen Riesenmaschinen aufragen (wie sind die da wohl in die Tiefe gehievt worden? zerlegt in Einzelteile? und in den Stollen wieder zusammengesetzt?): Bagger, Fräsen, und, besonders gewaltig, die Grubenlüfter. Und ebenso zeigt sich, fast immer vereinzelt, dann da und dort an einer frischen

Spreng- und Bruchstelle im schneeigen Salzflöß, ein Bergmann in der Kabine seines stetig vor- und zurückrumpelnden Schaufelbaggers.

Die Fahrt in dem Jeep dagegen geht völlig ohne Gerumpel vor sich; denn der Boden der Stollen ist, bei allen den Fahrten zuvor, welche die Salzkristalle fester und fester gepreßt haben, so glatt wie eine Asphaltstraße, womöglich noch glatter, spiegelglatt, ohne dabei rutschig zu sein. Dieser Untergrund hat eine verläßliche Härte – Asphalt wäre bei der spürbar zunehmenden Hitze wohl längst aufgeweicht, nicht fern von einem Teerkoch.

Immer wieder hält der Bergwerksherr an, steigt aus, sieht nach dem Rechten. Zum Wundern, wie er bei diesem Auf und Ab, Hin und Her, Kreuz und Quer, den einander ständig überschneidenden Strecken in der Erdtiefe, ohne irgendein Richtungsschild seinen Weg findet, wie er in dem Stollenlabyrinth dahinspurt, ohne bei den Abzweigungen ins Dunkle und noch einmal ins Dunkle in ein Zögern zu geraten. Zum Wundern auch, wie keiner der in dieser nur aus dem metropolenwürdigen Stollennetz bestehenden Bergwerksstadt weit auseinandergewürfelten Bergleute Augen für den Oberen da hat, sondern ruhig weiterarbeitet, selbst wenn dieser dann und wann aus dem Jeep steigt. Zum andern hat aber gerade solch ein ruhiges, ausdrückliches und vor allem deutliches Weitertun etwas von einem Zurückgrüßen – als zeige ein jeder der Arbeiter sich derart erkenntlich für das Wahrgenommenwerden bei dieser einsamsten der Tätigkeiten, als würden derart, eben wie in einem Zurückgrüßen, die Handgriffe verlangsamt, statt etwa, beim Auftritt irgendeines gleichgültigen Aufsehers, beschleunigt.

Endlich dann die Einfahrt – das letzte Strekkenstück ging es wieder hinauf – in das Zentrum der Salzmine, in Form einer kathedralenweiten Aushöhlung, der Werkstatt dort. Diese ist in der Tat, nach all den eher schmalen Stollen, der zentrale Platz der unterirdischen Metropole, so hell ausgeleuchtet, daß kein Tageslicht mehr vermißt wird. Die Werkstatt zeigt sich eher als Halle denn als eine Höhle, und, jedenfalls auf den ersten Blick, auch weniger als eine Werk- denn als eine Markthalle. Holztische reihen sich in der Halle aneinander, und auf Bänken sitzen da auf einmal Scharen von Bergleuten und mahlzeiten, wie eben Marktleute vor oder nach ihrem Tun. In der Mitte der Halle, im Zentrum also des Zentrums, ein regelrechtes Gebäude oder Haus, nicht unähnlich über Tage dem Pfahlhaus, und da zuoberst, nur auf einer leiterartigen Außenstiege zu erreichen, der Schaltraum des ganzen Bergwerks, dessen Leitstand, mit der Unzahl von Schaltsystemen und Bildschirmen die Kanzel eines Raumschiffs, oder auch bloß der zentrale Kontrollraum einer Untergrundbahn.

Dort wird der Salzherr dann, zu dem überwachenden Ingenieur gesellt, Stunden um Stunden verbringen, fast den ganzen Arbeitstag, überprüfend, ein- und umstellend, korrigierend, mit derselben Sicherheit, mit der er zuvor die stockfinsteren Stollen durchkurvt hat. Die Bergleute unten an den Tischen, bei ihrer Mahlzeit, Thermosflaschen, Eßnäpfe, werden in Abständen abgelöst von anderen, die, ein jeder einzeln, aus sämtlichen unterirdischen Richtungen taglang zu ihren Eßpausen dahergefahren kommen, nicht wenige auch zu Fuß.

Sie sind fast durchweg Auswärtige, die nach ihrem Turnus oft über Hunderte von Meilen heimkehren in ihre Wohnorte, und eben auch mit dem »Auswanderer«-Schiff über das »Meer« setzen. Und, ah, die so verschiedenen Gerüche der Speisen, ein sehr besonderes Quer-durch-Europa, nein, durch alle Erdteile, tief unten dort im geruchlosen Salz. Man möchte sich zu den Arbeitern setzen und mitspeisen. Und diese haben das bemerkt, und der, und der, und der, hat ihr von seinem Essen angeboten. Fast übertrieben sind die Knappen zusammengerückt, um ihr Platz zu machen, so daß es dann, obwohl sie wie die anderen auf einer Bank hockt, aussieht, als habe sie in der Runde den Vorsitz. All die Zeit läßt sie den Mann oben in seiner Kanzel nicht aus den Augen, und auch er hat mit seinen Bildschirmen immerzu die Fremde unten im Blick.

Gegen Abend, oder gegen Morgen, oder gegen Mitternacht geht die unterirdische Jeepfahrt der beiden weiter, jetzt nicht mehr hinauf und hinunter, sondern nur noch tiefer, und tiefer. Sie halten auch keinmal mehr. Auch keine beleuchteten Zwischenstrecken mehr. Die Stollen ohne Maschinen und ohne einen einzigen Bergmann. Geradezu frenetisch wirkt nun diese Fahrt, halluzinatorisch, und für Momente ist es, als sei sie, die Frau, es, die am Steuer sitze. Als das Fahrzeug dann stoppt, jäh, lassen die Wolken von Salzstaub den Jeep beinahe unsichtbar werden: an dieser tiefsten Stelle des Grubensystems ist der Boden noch nicht so recht fest- und glattgefahren.

Die Kaliwolken legen sich. Die beiden sind ausgestiegen und stehen im Scheinwerferlicht, vor dem Abschluß des untersten Schachts, einer Art blinden Tors in dem niedrig gewordenen Salzgewölbe knapp über ihren Häupten. Eine taube Stille herrscht, bis auf ein stetiges Knistern und Knacken in dem Gewölbe, im Hinhören für Momente geradezu zu einem Getöse verstärkt, einem weniger beängstigenden als wundersamen. Und wieder ist es, als suche der Salzherr Zuflucht im Erklären, im Erzählen: »Dieses Knistern kommt von der hier tausend Meter dicken Salzschicht über uns. So groß ist der Druck, daß sich in einem fort die Salzkörner verlagern. Tiefer hinunter geht es nicht mehr. Und tiefer hinunter wird hier wohl nie mehr geschürft werden. In allen sonst noch betriebenen Salzbergwerken Europas ist das Salz horizontal gelagert und deshalb leicht abzubauen. Hier aber vertikal. Wir haben uns von oben bis in die Tiefe durchgraben müssen. Die Tiefenförderung lohnt heute nicht mehr. Die anderen Werke mit Tiefenförderung sind stillgelegt. Hier haben Sie das letzte auf der ganzen Welt arbeitende Salzbergwerk mit Steiler Lagerung – so heißt das in unserer Sprache. Hier, in einem Kilometer Teufe, so heißt das in unserer Sprache.« Sie, auf sein Spiel eingehend: »Gibt es Lebewesen da?« – Er: »Nein, dazu ist es im Salz zu trocken. Nur kein Wasser im Bergwerk. Bei einem Wassereinbruch wäre es um den Salzdom geschehen. Selbst für Fledermäuse ist es zu trocken hier. Einmal freilich bin ich in der Nische eines Seitenstollens, weiter oben im Dom, auf eine Schleiereule gestoßen. Sie hat gelebt, und sie hat sich von mir ohne weiteres anfassen und retten lassen. Noch nie habe ich den Ruf einer Eule als Dankesruf gehört: aber ein solcher kam dann, bei ihrem Wegfliegen, oben im Freien. Sie ist wohl durch den Luftstrom am Eingang zum Entlüftungsschacht hinab in die Stollen gesaugt worden, und wer weiß, wie lange sie schon da in der Salznische saß.«

Und er erzählt weiter: »Das Salzgebiet, das heute, in der Jetztzeit, fast bis hinauf zur Erdoberfläche reicht, mit kaum einer dünnen Schicht Humus darüber, hat vor hundert Millionen Jahren seinen Sattel, seine Kuppe in einigen Kilometern Tiefe gehabt, gar nicht so weit weg vom Erdmittelpunkt, und es erstreckte sich damals noch in der Waagrechten, ein Salzmeer ohne Meer. Aber im Lauf der Zeit haben es dann die Tiefenkräfte aufgeschoben und mehr und mehr in die Senkrechte gedrückt, und so hat der ganze Kalistock als ein riesiger Pfahl nach oben gedrängt. Wäre der aber mit seiner Spitze ans Licht geschubst worden, so hätte das das Ende unseres Bergwerks bedeutet. Der Regen hätte das Salz unweigerlich von oben bis unten durchdrungen und die Stollen zum Einsturz gebracht. Zum Glück für uns wird unser Salz geschützt von einem wasserundurchlässigen Gipshut.«

Und weiter erzählt er: »Damals beim Bau des Turms von Babel, der angeblich bis zum Himmel reichen sollte, hat Gott, um eine solche Frevelei zu bestrafen, die Sprache der Arbeiter am Bau durcheinandergebracht, so daß keiner mehr die Sprache des Nebenmanns verstand und der Turmbau abgebrochen wurde. Hier freilich habe ich es erlebt, daß, je tiefer die Stollen getrieben sind, die da Arbeitenden und Lebenden die Sprache der anderen, auch wenn ihnen diese oben fremder als fremd war, umso besser und klarer verstehen. Vorläufig noch, vorläufig. Vorläufig: ein schönes Wort, nicht wahr? Fast ein jeder der Bergleute hier kommt ja inzwischen aus einem anderen Land und spricht eine andere Sprache: aber unten, so weit vom Himmel weg, wie es weiter kaum geht, wird, wenigstens dann und wann, auch ein noch so dunkles, ein noch keinmal zu Ohren gekommenes Wort sonnenklar.« – Sie: »Vorläufig.« – Er: »Vorläufig.«

Und jetzt blickt er, der all die Augenblicke unverwandt von ihr angeschaut worden ist, endlich zurück: »Warum ich? Warum gerade ich?« Und sie: »So ist es gedacht. So habe ich es gesehen, auf den ersten Blick.« Sie bückt sich nach etwas unter dem Salzsand und zeigt es dann vor: ein mächtiger Zirkel, von dem der Mann nun die Kruste schabt. »Vor einem Jahrzehnt habe ich ihn verloren. Und die ganze Zeit hat er mir gefehlt.«

Wenn sie zuvor, von Angesicht zu Angesicht, vielleicht noch gelächelt hätten, so haben sie jetzt aufgehört zu lächeln. Nach einem langen Schweigen hebt er den Arm gegen sie wie zum Schlag, mit einer Faust wie bereit zum Töten. Sie fällt ihm – leicht und fast sanft erscheint diese Bewegung – in den Arm. Sie – oder war er das? – schaltet den Jeepscheinwerfer aus. Finsternis. Stille. Das Salzdomknistern, vermischt mit einem Windsausen, welches in dieser Tiefe undenkbar ist. Aber ich höre es; und außerdem bin ich woanders, nicht mit in der Tiefe dort. Und dazu höre ich eine Stimme, von der ich nicht weiß, ob es die eines Mannes oder einer Frau ist: »Angst?« Und die Antwort, einer Frau? eines Mannes?: »Mehr als bloß Angst. Und etwas ganz anderes als Angst.« – »Lust?« – »O nein. O nein.« – »Was dann?« – »Freude.«

Zuletzt ein Klingeln, wie von schweren Armreifen, ein Geräusch, anhaltend, zwischen einem Läutwerk und dem Gerassel von Würfeln in einem Würfelbecher. Dann nur noch die Stille, auch kein Salzknistern mehr; eine sich gleichsam stauende Geräuschlosigkeit; ein nicht endenwollendes Atemanhalten. Und ein Bild: Züngeln von Kristallen dort in der Salzofenhitze, und ein Herausgebackenwerden von Statuen, nein, einer einzigen, aus den Kristallen. Und zuletzt, in der völligen Geruchlosigkeit, auf einmal, in der Stockfinsternis, doch etwas wie ein Geruch, jäh, ein Stich, ein Duftstoß, eine Stoßwelle. Dieser Statue aus Salz kann für den Augenblick kein Wasser etwas anhaben.

Die beiden, zurück an der Erdoberfläche, gehen dort den Salzberg hinauf, in einem scharfen grauen Vorwinterlicht. Das Haldensalz knirscht unter ihren Füßen wie gefrorener Schnee. Keine Spur einer Vegetation darin. Auch ihre Schritte hinterlassen keine Spuren, so festgebacken vom Regen über Tage ist das Salz. Zwar haben sie sich umgekleidet. Aber ihrer beider Gesichter sind noch gezeichnet von dem Salzstaub in der Tiefe, wie von einem Sturm, vordringlich im Weißgrau der Augenbrauen und, bei ihm, des Bartes. Sie steigen engumschlungen bergan, klammern sich aneinander. Und er läßt sich dann hören, mit einem schweren Atem, der gar nicht zu ihm paßt: »Ein jeder, der aus der Grube zurückkommt, hat als erstes eine Dusche zu nehmen. Du hast dich nicht geduscht. Du hast nicht einmal dein Gesicht gewaschen.« Und sie: »Und du auch nicht.«

Sie steigen weiter bergan. Der Wind wird stärker, je höher sie sind. Sie lassen sich überholen von einem Lastwagen voll mit Abraumsalz, halten auf gleicher Höhe, bis die Ladung weggekippt ist, verweilen dann noch einige Augenblicke, und dann noch einige. Sie werden immer langsamer, je näher sie der Gipfelkuppe mit dem Steilabsturz kommen; bewegen sich in Schlangenlinien, wie um eine Entscheidung hinauszuzögern. Das Gebrüll der Raben zu ihren Häupten: Sieht es auf sie ab, oder will es sie nicht eher zurückhalten oder warnen? Liegt da ein Kadaver am Serpentinenrand? Eine Katze? Ein Hase? Nein, es ist bloß ein Tuchknäuel. Dann noch so ein Knäuel, diesmal doch ein Tieraas, unter den Federn längst skelettiert,

Skelettschädel einer Eule – noch nie gesehen: anstelle der Eulenaugen zwei Löcher – und wie klein ist der Kopf.

Er ist stehengeblieben, wie außer Atem: »Es wird schneien. Heute nacht schon, oder spätestens morgen früh. Mit der Schneeluft kenne ich Mann aus dem Osten mich aus, vielleicht noch besser als mit dem Salz. Und morgen ist. Sonntag. Ich hätte mit dir in die Messe gehen können. Wir wären in zwei verschiedenen Bankreihen gesessen, du links vom Altar, mit den Frauen, ich rechts, mit den Männern.« Und sie: »Und heute abend hätten wir das Fest der Flüchtlinge dort unten besucht und wären dann tanzen gegangen.« Und er: »Und wir wären heimgekommen –« Und sie: »Ja, wir wären heimgekommen –« Und er: »Unter einem Sternenhimmel klar wie nur vor dem ersten Schnee –« Und sie: »Und wir hätten uns weitergeliebt.« Und er: »Wir hätten uns weitergeliebt.« Und sie: »Du wärst mein Körper gewesen.« Und er: »Und du der meine.«

Er hat sie indes weitergezogen. Fast sträubt sie sich, einmal, und dann noch einmal. Schließlich sind sie zuoberst auf der Salzschroffe. Ein heftiger Wind, stoßweise ein Sturm. Das Blinken, das matte, von tief unten: der Autoparkplatz des Bergwerks. Weit draußen in der Ebene, dem »Meer« zu, treibt ein unbemanntes Boot, und läßt sich sehen, als sei es zum Einsteigen nahe. Ein anderer Blick geht hinüber auf das Pfahlhaus auf dem Wohnhügel, wo der Tisch bereits gedeckt ist für das »Abendbrot«. Und zu Füßen der beiden: Ist das tatsächlich ein Abgrund? Die Tiefe? Und der faßbreite Entlüftungsschacht neben ihnen: Ist dessen Schutzgitter tatsächlich abmontiert?

Er hat sie an der Hand genommen. Fast, wieder fast, möchte sie ihm diese entziehen. Er nimmt die Hand fester und sagt – soll das noch ein Hinauszögern sein?: »Einmal hatte ich den Plan, das Abraumsalz hier zu begrünen. Nur hätte der Berg als ganzer mit einer festen dicken Humusschicht überzogen werden müssen – auf dem Salz gedeiht ja kein Halm. Aber dafür war schon seinerzeit kein Geld mehr da. – Seinerzeit, ein schönes Wort, nicht wahr? – Ob das vermißte Kind die erste Schneenacht überlebt – wenn es noch lebt?« Und sie: »Was ist das für ein

Buch, das bei dir im Haus von einem der Dekkenbalken hängt, an kaum sichtbaren Fäden, aufgeschlagen, hoch oben, mit dem Schriftbild nach unten, und trotzdem nicht zu entziffern?« Und er: »Das ist das früheste noch erhaltene Salzwerkbuch. In ihm ist Wort für Wort aufgeschrieben, wie es seinerzeit in der Grube unten war, und vor allem, wer was wie in welchem Fall zu tun hatte.«

Dann sagt sie: »Jetzt!« Und er wiederholt das: »Jetzt!« Auge in Auge sind sie gestanden und dann einen Schritt, und noch einen zurückgetreten: Und setzen sie »Jetzt!« an zum Sprung? Ich kann die beiden nicht mehr sehen und schließe die Augen, höre nur noch den ständig auf- und abschwellenden Wind, und darin dann eine Stimme, von der ich wieder nicht weiß, ob es die ihre ist oder die seine: »Wie bitte? Was hast du gesagt?« – »Nichts. Ich habe nichts gesagt. Ich habe nicht den Mund aufgemacht.« – »Aber ich habe jemanden sprechen hören, Sprache, eine Stimme.« Zu hören ist nichts als der in höchsten und tiefsten Tönen durcheinanderpfeifende Gipfelwind. Und nun begreife ich endlich die beiden: Wie Kinder, vom Spielen weggerufen, »ein letztes Spiel«, und »bitte, noch ein letztes Spiel« erbeten, so sind auch die zwei auf ein letztes Spiel aus, und auf noch ein letztes.

So kann ich die Augen wieder aufmachen: Da stehen sie, und wer sich hören läßt, das ist der Salzherr: »Es ist der Wind, der spricht, der Schneewind, und mit dem Schneewind, da kenne ich mich aus. Wenn ich mich auf ihn einlasse, verstehe ich jede seiner Silben, seiner Konsonanten und seiner Vokale.« Und sie: »So laß dich ein. Konzentrier dich.« Er horcht; bewegt die Lippen. Sie: »Und?« Er: »Mir scheint, es ist so ziemlich immer derselbe Satz, einmal schrill, einmal sonor.« Er hat gehorcht und die Lippen bewegt. Sie: »Und? Sag. Sprich nach.« Er wird horchen, die Lippen bewegen und schließlich laut werden: »Es – ist – gesagt. – Aber – es – steht – nicht – geschrieben. – Wo – steht – es – geschrieben –, wo? – Allein – daß – du – es – gesagt – hast –, heißt – nicht –, daß – du – es – tun – mußt. – Denn nirgends – steht – es – geschrieben. – Und – da – es – nirgends – geschrieben – steht, – und nur – gesagt – ist, – müßt – ihr – es – nicht – tun.« Und der Wind wird umgeschlagen sein, mit einem Pfeifen, Sirren, Toben, Gebrüll: »Ihr seid frei. Ab mit euch.«

Sie sind dann einander in die Arme gefallen, oder übereinander hergefallen. Und unversehens lassen sie sich zu Boden, wieder eng umklammert, und rollen auf die Tiefe zu. An der Kante zu dem, was wie ein Abgrund wirkt, kommen sie kurz ins Stocken und lassen die Beine baumeln, für den Schwung. Es folgt dem aber kein Sturz, sondern ein Weiterrollen, ein wenn auch beschleunigtes: kein Abgrund ist das, ein bloßer Steilhang, auf dem die beiden im Spiel hinunterkugeln, und selbst wenn das an manchen Stellen auch wehtut, ist das jetzt für die zwei nur ein weiterer Grund zu einem Lachen, welches nicht aufhört, bis sie unten am Bergfuß angepurzelt kommen. Dort haben sie sich ohne weiteres erhoben, einander die Kleider und Gesichter gereinigt und sind wieder ernst geworden. Wieder. Nein, ernst wie noch nie. So dann die Frage der Frau: »Wann ist das Kind zuletzt gesehen worden?«

Am Abend war in jedem Fenster der ehemaligen Knappen- und jetzigen Umgesiedelten-Siedlung Licht an. Innen in den Häusern ein Hin und Her von vielen Schatten, wie von einem ständigen Kreuz- und Querlaufen, einem Ringelreihn, einem Tanzen, und dazu im Freien, in den Gärten die Schatten der Bäume und Sträucher, in ebenso starker Bewegung, vom Wind. Der Salzberg hinten lag in einem fahlen Schimmer, der von den Lampen in den Fördertürmen und von den Flugzeugwarnlichtern dort obenauf kam. Die Feierabend- oder Schichtwechselsirene schallte durch den Toten Winkel, der so als ein ganzes Land erschien. Das einzige Haus ohne elektrisches Licht: in ihm brannten weiterhin in allen Fenstern die Kerzen.

Im Vorgarten der einzigen Bar der Siedlung, mit Namen »Bar«, angeschrieben auch arabisch und russisch, بار, БАР, war wieder die Wäsche aufgehängt, eine schwere, tropfnasse jetzt, die sich trotz des Winds kaum bewegte, während das eine, längst trockene Kleidungsstück in der langen Reihe auf und nieder durch die Lüfte schwang. Ein Holzfeuer brannte im Freien, und darüber drehte sich an einem mit Kleinstmotor betriebenen Grill langsam, ruckweise, ständig stockend ein Lamm, und an einem anderen Grill daneben ein Schwein. Auch vor den anderen Siedlungshäusern wurden solche Feuer unterhalten; großer Funkenflug quer durch die Nacht. Und wieder überflogen auch Flugzeuge das Camp, keine zivilen, versteht sich. (Wenn es in dem Lager da etwas zu feiern gab, so unter dem Zeichen einer Bedrohung? Oder hatte gerade diese zur Festlichkeit geführt, zu einer, mit deren Hilfe wir uns schützten, uns verschanzten? Versprach nicht gerade das Bedrohtsein ein Fest, das den Namen verdiente?) Neben der Eingangstür zu der Bar hing, noch einmal, ein Plakat mit dem Porträt des vermißten Kindes Andreja oder Andrea, hier aber nicht als Photo, sondern als Zeichnung, als Holzschnitt, und die Zeichnung, eingerissen, schlackerte in dem Wind.

In der Bar drinnen herrschte, wie in der von außen so klein wirkenden Kirche des Toten Winkels, wie auch in dem Pfahlhaus, eine ungeahnte Weiträumigkeit, und das nicht nur, weil die langen Bänke und Tische, ähnlich denen unten im Bergwerk, an den Wänden standen und die Bar-Mitte leer war. Kein Mensch noch zu sehen. Keine Musik, wenn auch die Instrumente – Messing-, Elfenbein- und anderes Blinken in einer Ecke – schon bereitstanden und -lagen. Dann aber traten zwei herein, die einen ganzen Kessel voll mit rauchenden Kartoffeln schleppten, gefolgt von drei oder vier, jeder mit einem spürbar schweren Sack, den sie kurzerhand, wie auf Kommando, ausleerten, ob auf die Tische oder den frisch gewaschenen und auch so riechenden Bretterboden: Speisekürbisse, Krautköpfe, Rüben, Zwiebeln. Und unter Gepolter und Gedröhn rollten dann fünf oder sechs Neuankömmlinge – darunter Frauen und Kinder – ein Faß zur Tür herein. Was hieß da »Toter Winkel«?

Obwohl der Saal noch längst nicht gefüllt war, ging es darin sofort hoch her. Aus einem weiteren Innenraum waren nämlich inzwischen die Musikanten dahergeschlendert, der eine und der andere auf nicht gar sicheren Beinen, aber, kaum zusammen mit seinem Instrument, auf der Stelle ganz da. Sie spielten noch nicht; stimmten sich höchstens ein. Und nach einer kurzen Ereignislosigkeit traten nacheinander mehrere waldläuferhafte Gestalten herein, mit zerschrammten Gesichtern, wie geblendet von so viel Licht nach einer längeren Zeit in der Waldfinsternis. Sie kamen daher mit dem allen, was zu einem Festmahl vielleicht noch gefehlt hatte; brachten es fast im Übermaß, und andrerseits auch als Einzelnes, als Einzelfund, als Winzigkleines, was dann das Gefühl, das sei etwas Kostbares, noch steigerte: Flaschen und Krüge, oder auch nur einen Fingerhut oder eine leere Eichschale mit Moosbeeren, Preiselbeeren, Vogelbeeren, dazu den einen letzten Steinpilz des Jahres, den allerletzten Schirmpilz, die allerallerletzte Herbsttrompete, den letzten Mönchskopf, die letzte Nebelkappe. Und die von ein paar Nachzüglern nun hereingehievte Reuse, schwer von Fischen und Krebsen: wie konnte sie fehlen? Und dazu bringen, versteht sich, die Kellnerinnen, im blitzweißen Servierdreß und mit Gesundheitsschuhen, aus der Küche (auch die gab es also in der »Bar«) in einer Riesenschüssel die frisch gekochte Pastete herbei, welcher, auf einem türgroßen Tablett, das frischgebackene Brot, ein einziger Laib oder Stollen, folgte. Und zuguterletzt schneiten noch unsere beiden aus der Windnacht herein, mit leeren Händen, bleich, wie durchsichtig, geführt von der Pastorin. Die anderen klatschten, als wüßten sie, was am Tag und unter Tag geschehen war. Ein Blitzen in der offenen Tür, und dann ein großer Donner. Und dazu eine Stimme im Saal: »Recht so: jedesmal setzt hier der Winter mit einem Gewitter ein. Nach dem Gewitter der Kältesturz, und mit ihm dann der erste Schnee!« Der erste Schnee?: Alle im Saal haben einander stumm angeschaut, und auch die Musik, die gerade einsetzen wollte, hat noch für einige Augenblicke gezögert.

Dann aber kam das Fest in Gang, umso mehr, und wie. Gerade jetzt mußte es gefeiert werden, gerade so. Solange es in Gang war, konnte keinem im Umkreis etwas geschehen. Solange es gefeiert wurde, fühlten wir auch unsere Abwesenden in Sicherheit. Das Fest da, es senkte das Fieber des Kranken von nebenan, und verscheuchte, auf seine Dauer, dem Einsamen am Siedlungsrand ein paar seiner Wahnbilder. Und so dauerte das Fest, und dauerte. Und nichts, was dabei nicht Teil des Festes wurde. Eine Serviererin, indem sie Wasserhähne an der Theke aufdrehte und die Hände bis zum Puls ins Fließwasser hielt, rief in den Saal: »Wir haben noch Wasser. Noch fließt es.« Und einer, an dem großen Eisenofen, die Flammen darin züngelnd hinter den altväterischen Glimmerfenstern, antwortete: »Und wir haben noch Feuer. Und wir haben noch Holz, zumindest für diesen Winter.« Und ein dritter, wie an alle gerichtet: »Und wir haben noch Elektrizität.« Und dazu eines der mitfeiernden Kinder: »Und wir haben noch Brot, Milch und Salz.« Und ein anderes Kind: »Und wir haben noch Haselnüsse, zur Füllung der Waffelschnitten!«, wobei das »-nüsse« übertönt wurde von dem Geknatter Tausender von Haseln, die es, aus seinem Sack, auf den Boden ausgoß – wobei wiederum, gleich nach dem ersten Knall, die Erwachsenen sich wie schützend über die nächststehenden Kinder warfen oder sie aus der »Gefahrenzone« rissen.

Folgten kleine Szenen, worin der, welcher bei einer ganz beiläufigen oder nebensächlichen Verrichtung war, diese verlangsamte und sie vollführte mit einer übermäßigen Sorgfalt, wie das Ritual zugunsten eines Abwesenden. Und auf solche Weise knüpfte einer sich die Schuhbänder zu, löste sie, knüpfte sie wieder zu. In ähnlicher Weise trocknete das Schankmädchen daraufhin die Gläser ab, tauchte sie frisch ins Wasser, trocknete sie noch einmal ab. In ähnlicher Weise gab einer seinem Nachbarn einen Bissen zu kosten. In ähnlicher Weise kostete jemand für sich den Wein oder den Most. Ja, all das Kauen und Schlucken geschah zugunsten jemandes, für jemanden, um jemandes willen, ohne daß solches freilich Genuß wie Festesfreude minderte – im Gegenteil.

Folgte eine Szene, in der ein alter Mann, als der Spätankömmling, zur Tür hereintrat, im Malerkittel, worauf, kaum merklich, der ganze Saal ihn fragend anschaute, worauf er, kaum merklich, als sollte das um des Himmels willen gar nichts bedeuten, den Kopf schüttelte. Folgte, wie im Gegenzug, eine Szene, worin einer, umringt von Kindern, und bald nicht nur von denen, den Festnarren spielte, gleichsam nach dem Motto: »Was sind die beleidigendsten Geräusche der Gegenwart?«, demgemäß unser Narr so etwas wie ein kleines Hörspiel von Geräuschen zum besten gab, von denen ein jedes jeweils zugleich die Frage nach dessen Herstammen war, jedesmal auch fast auf der Stelle aus dem Umkreis beantwortet, die erste nur von einem Einzelnen, die späteren mehr und mehr im Chor: »?« – »Quietschen einer Garagentür, gefolgt vom Zuknallen.« – »?« – »Brot, das aus einem Toaster springt.« – »?« – »Kaugummiblase beim Platzen.« – »?« – »Anziehen einer Handbremse in einer stillen Seitenstraße.« – »?« – »Das Aufheulen mehrerer Mountainbike-Bremsen in einem stillen Wald.« – »?« – »Lachen in einer Talkshow.« – »?« – »Hundertschlüsselbundklirren eines, der im Leben sonst nichts zu sagen hat.« – »?« – »Zungenschnalzen eines, der sein Gegenüber abtut und dazu noch den Kopf schüttelt.« – »?« – »Das Zudonnern, im Durcheinander, von hundert grabkammerschweren Stahltüren nach dem Passieren der Sperren in den Weltbahnhöfen.« – »?« – »Das Rummsen, das Bummsen, das Krachen der drei lockeren Metallplatten damals dort in meiner Wohnstraße nachts, ein jedesmal, wenn in Abständen ein Auto darüberfuhr, die erste Lockerplatte für die unterirdischen Weltfernsehkabel, die zweite Lockerplatte für die zur Alarmzentrale führenden Alarmanlagenkabel, die dritte Lockerplatte für den Einstieg in die Atomschutzschächte.«

In der Folge eine Dialogszene mit mehreren Festgästen, zusammengeschart in einem Winkel: »Freude stellt sich inzwischen fast nur noch ein bei dem Gedanken, was es alles nicht gibt hier.« Der zweite: »Ein Birnbaum ohne Satellitenschüssel.« – Ein dritter: »Kein Kriegslärm.« (War das Gelächter dazu nicht eher ein bitteres?) – Ein vierter: »Keine Verlassenheit. Keine Alpträume. Keine Todesangst. Keine Lebensangst. Kein Verlorengehen.« (War das Lachen dazu ...?) – Dann aber einer, scheint es, ganz im Ernst: »Und keine Heimaterde mehr – sie sei euch daheim Zurückgebliebenen leicht.« Und allmählich fielen die anderen ein: »Und kein Vaterland und keine Muttersprache mehr. Und keine Besitztümer und sonstigen -tümer mehr. Und keine Zwiebeltürme und sonstigen Türme mehr. Und das Spielen kein bloßer Zeitvertreib mehr: Freude, ja, Freude.«

Dann noch eine Szene, wo eine sich aufführte als eine Wahnsinnige, indem sie, wild gestikulierend, mit sich selber zu reden schien, unversehens ein Feuerzeug zückte wie ein Messer, mit einer Gabel ausholte wie zu einem Speerwurf, und danach einen wie tötensollenden Blick in die Runde warf – während sie, am Ende erst wurde das sichtbar, mithilfe eines Textbuchs eine Rolle einstudierte. Und neben ihr einer, der all die Zeit bloß still, dabei in einem fort vor und zurück pendelnd, in sich hineinmurmelte: »Ich hab's gewußt. Ich hab's gewußt.«

Ja, lange dauerte dieses Fest, lange, lange: so war es gedacht. Und zuletzt tanzten alle im Saal noch im Kreis, durchweg zu Paaren, wie nur für diese Augenblicke zusammengefundenen. Und es tanzten mittendrin auch die Kinder, die freilich sämtlich solo. Und ein Kind aber, welches nicht tanzte, sondern panisch in der Menge jemanden suchte, und suchte, und nicht fand, und nicht fand. Und in der hintersten Ecke des Saals, von niemandem mehr beachtet, der Salzherr und seine Fremde, endlich keine Helden und keine Stars mehr, doch umso stärker leuchtend: Sie würden nie mehr auseinandergehen. Und sie tanzten dann erst einmal mit, auch sie ein seltsames Paar, doch anders seltsam. Und unvermittelt stürzten sie dann hin, schwer, tief. Jetzt erst sind sie gefallen. Blut? Kein sichtbares. Würden sie jemals wieder aufstehen? Und schon standen sie. Ende des Tanzes, für alle. Und zum Ausklang des Festes klatschte die Pastorin in die Hände, wieder und wieder und ließ sich so hören: »Kommt morgen alle in die Kirche, auch ihr Salzbergleute, die ihr mit eurem Salzfraß die heiligen alten Bilder zerstört. Ich habe euch etwas zu sagen.« Draußen das Vorwintergewitter hatte sich beruhigt zu einem Wetterleuchten, und auch der Wind hatte sich gelegt; Windstille.

Am folgenden Morgen saß sie, gekleidet mit einer Art Segeltuch, fast wie für eine Expedition, mit dem Sohn im Pfahlhaus oben beim Frühstück; sie beide allein, in einem klargrauen Licht, bei anhaltender Windstille. Es schneite aber noch nicht. Weiß war nur der Salzberg. Das Kind schien über Nacht älter geworden, halb erwachsen, und vertraute sich der Fremden dann so übergangslos wie leichthin an: »Jedesmal bin ich froh, wenn der Sonntag um ist. Ah, wenn nur schon morgen, Montag, wäre.

Ginge es nach mir, würde ich die Sonntage abschaffen. Am Sonntag ist meine Schule geschlossen, und ich würde so gern jeden Tag zur Schule gehen. In Amerika stelle ich es mir allein deswegen schön vor, weil es dort die Sonntagsschulen gibt, oder? Jedenfalls kommen sie in den Büchern ständig vor. Schon das Wort, Sonntagsschule, macht mir Sehnsucht. Ich habe Sehnsucht nach meiner Schule, Tag und Nacht. In der Nacht stelle ich mir die leeren Klassenzimmer vor, und es zieht mich weg aus dem Haus hier. Es tut mir weh, wenn ich nicht in der Schule bin. Noch schlimmer wird es in den Ferien, und am schlimmsten in den großen. Wenn auch bloß in Gedanken, kreise ich da in einem fort um das Gebäude herum, drücke mir an den Fenstern die Nase platt. Es tut mir leid um das lange Leerstehen der Schule, und bei der Vorstellung vom ersten Schultag habe ich einen Appetit wie auf nichts sonst. Ah, wenn doch jeder Tag ein Schultag wäre.«

Bei seinen letzten Sätzen war sein Vater dazugetreten, im Sonntagsstaat, wie vielleicht einmal in einem anderen Land; bereit zum Kirchgang. Auch sein Sohn war übrigens schon in Teilen so angezogen. Und nun schlüpfte er, in die Ärmel geholfen von der Fremden, in einen schwarzen Feiertagsrock, worin er dann fast erwachsen wirkte. Sie dann zu dem Mann, als Begrüßung: »Wo bleibt er, dein erster Schnee?« Er: »Wart ab. Und du, beeil dich. Wenn es hier einmal anfängt zu schneien, ist binnen einer Stunde die ganze Gegend im Schnee versunken.«

Die beiden dann vor der Haustür, ein jeder im Aufbruch, ein jeder in eine andere Richtung. Er: »Du bist die geborene Finderin. Noch nie ist mir jemand begegnet, der findet wie du: ohne zu suchen. Wie machst du das?« Sie, Belehrung spielend: »Nicht den Platz fixieren, an welchem vermutlich etwas verlorengegangen ist. Vielmehr: woandershin schauen, auch hinauf zum Himmel – denn danach zeigt sich das Nähere, das am Boden, umso schärfer. So schauen nicht im Stillstand, sondern in der Bewegung, im Gehen. Und am klarsten lassen die Dinge sich dann sehen, sooft du so im Gehen auf dem Fuß umkehrst, klar und vor allem farbig – in den Umkehrfarben. Und in den Umkehrfarben, da wird es dann warm werden, wärmer, heiß, ganz heiß. Und finden wirst du dein dir entfallenes Ding kaum in dem angegebenen Umkreis, sondern eher nebenan, oder eher weiter weg, und noch weiter. Der Apfel fällt nicht weit vom Stamm? Weit vom Stamm fallen manche Äpfel. Weit. So weit.« Sie war dabei in einen Singsang gekommen, und endlich, ohne Übergang, in einen Gesang, und er sagte darauf: »Eine Sängerin im Haus, das habe ich mir manchmal vorgestellt.« – Sie: »Und wie war die Vorstellung?« – Er: »Schön. Nur hat diese Sängerin in meiner Vorstellung nie gesungen – jedenfalls nicht hier im Haus.« Unversehens zog sie darauf einen Dolch. Einen Dolch? Ja. Aber es war nur zum Schein. Sie wird ihn wieder einstecken. Und er dann: »All die Zeit, Jahre, Jahre habe ich gedacht, ohne zu wissen, wen ich damit meinte: Finde mich! Finde mich! Warum findest du mich nicht? Und jetzt hast du mich gefunden. – Und das verlorene Kind? Warum hast du dich nicht schon längst auf die Suche gemacht?« – Und sie, wieder in ihrem Sing-Spiel: »Das Finden, es geschieht entweder im Augenblick, im Handumdrehen, oder erst viel, viel später! In der Zwischenzeit: kein Finden möglich. Zwischenzeit, Schreckenszeit, Zeit der Verlorenheit, der allgemeinen. Keine andere Möglichkeit, als das Suchen zwischenzeitlich zu vergessen. Nichtfinden reinigt. Zwischenzeit, Reinigungszeit! Aber jetzt ist diese Zwischenzeit vorbei, vorläufig zumindest, für unsere Geschichte jedenfalls ...« Sich unterbrechend zu ihm: »Keine Angst, ich werde nicht singen hier. Oder nur zu heiligen Zeiten.«

In jenem Haus der ehemaligen Werksiedlung brannten auch jetzt am Vorwintermorgen in den Fenstern die Kerzen. Der größte der Innenräume war ein Atelier, vollgestellt mit großen Ölbildern; die meisten freilich zur Wand gekehrt. Das Atelier diente, mit Sofa, Eßtisch und zusammengewürfelten Fauteuils, auch als eine Wohnstätte. War das auf dem Tisch ein Samowar? Oder eine Wasserpfeife? Oder beides in einem? Als die Fremde, ohne zu klopfen oder zu läuten, eintrat, erschien der Maler, ein alter Mann, in einem der von den Bildern erzeugten Durchlässe. Auch ohne zu grüßen, sprach sie gleich los: »Andrejas Kennzeichen! Nicht das Gesicht, nicht der Mund, sondern die

Stimme. Nicht die Gestalt, sondern die Gangart. Nicht die Farbe der Augen, sondern die Art zu schauen. Nicht die Farbe der Haaren – deren Wuchs.«

Und ohne ein Zögern trat der Maler, wohl des Vermißten Großvater, aus dem von den Bilderwänden geschaffenen Gassennetz hervor und machte ruckzuck Gangart und Geschau seines Enkelkinds nach. Auftritt dann, aus einer anderen der Bildergassen, seiner ebenso alten Frau, welche, in ähnlicher Weise, des vermißten Enkels Art zu reden und dessen Stimme nachspielte, mit Sätzen wie: »Ich habe keinen Hunger.« – »Bald habe ich Geburtstag.« – »Meine Großeltern riechen so alt.« – »Ich mag Weihnachten nicht.«

Während ihr Mann in die Sprüche miteinfiel, in derselben Tonlage, bloß leiser, näherte sich die Eindringlingin dem einzigen kleinformatigen Bild in dem Atelier, welches auch das einzige aufgehängte war: ein stark eingedunkeltes Landschaftsgemälde, zu dem der Maler dann erklärte, es sei nicht von ihm, stamme aus dem Holland des siebzehnten Jahrhunderts, und es sei alles, was er auf der Flucht seinerzeit mitgenommen habe.

Unterscheiden ließ sich auf dem Bild zunächst nur ein Stück Wolkenhimmel, und ein diesen Himmel fast verdeckender, wie schwarzlaubiger Baum, an dem ein hellsandiger Weg vorbeiführte, das einzige auf dem Ölgemälde, außer den Quellwolken oben, noch nicht beinah völlig Eingedunkelte. Sie zog nun aus ihrem Segeltuchgewand eine Taschenlampe hervor und leuchtete mit deren kräftigem Licht die Szenerie ab, wodurch allmählich noch und noch Einzelheiten schimmernd aus dem zuvor so gestaltlosen Düster traten, Schimmer verstärkt von dem Firnis auf dem Bild, der ein Muster von Fünf- und von Sechsecken darstellte: ein Stein auf dem Weg, ein Grashalm und eine Blume am Wegrand, das Blatt- und Astwerk des Baums, ein vorher unsichtbarer Vogel hoch in den Wolken, und tief in dem Hintergrund – zuvor noch der Mittelgrund, in dem eine kleinwinzige Figur, die eines Wanderers?, auftauchte – wurde aus der vermeintlichen Finsternis dort ein ganzes Dorf, mitten am Tag, herausgeleuchtet, mit auf einmal hellen Mauern, wie eben nur am Tag rauchenden Schornsteinen, und weidenden Tieren davor. Jede dieser Einzelheiten, auch die, die weniger klar wurden, zeigten eine Form, traten als eine Form an das Licht, eine wie lebende.

Zuletzt verharrte das Licht auf so einer Form in dem Bildmittebaum, die ein Durchblick zum Himmel sein konnte, oder eine Stelle mit mehreren, wie zusammengewachsenen Früchten, oder jemand da in dem Laubwerk Versteckter. Von allen durch die Lampe hervorgehobenen und neu belebten Einzelheiten erschien diese Form da als die unbestimmteste, und zugleich die lebendigste; wozu sich dann wieder der alte Maler hören ließ: »Die Kinder hier im Toten Winkel haben, keiner weiß warum, besonders ausgeprägte Scheitelwirbel im Haar, oft sogar zwei. Und Andreja, der hat sogar drei!« Sie schaltete die Lampe aus. Aber alle die Einzelheiten blieben noch eine Zeitlang sichtbar; flimmerten nach; bildeten, und behielten, ihr Relief. Das Gemälde als ganzes erschien als Relief. Und dazu dann die Stimme der Großmutter: »Andreja ist mir verlorengegangen wie Kinder sonst im Traum. Gerade war das Kind noch da, spielte, unter meinen Augen, und dann, von einem Augenblick zum andern: Wo ist es? Wo war es? Verschwunden, obwohl gerade noch in meinem Blick, in meiner Reichweite. Ah, es kann doch nicht so mir nichts, dir nichts verschwunden sein, aus der Welt sein. Aber das Kind bleibt verschwunden, verschwunden von einem Moment zum andern. Könnte ich nur aufwachen! Aber ich wache nicht auf.«

Verwandlung. Und dann sah ich sie, auf die es mir von Anbeginn der Geschichte ankam, draußen in einer Landschaft, welche der auf dem alten Bild nicht ganz unähnlich war, außer daß die vereinzelt in die Weide- und Wasserlandweite gestaffelten Bäume sich ohne Laub zeigten. Sie stand da allein, umgeben von einer großen Stille, als habe sie soeben eine Schwelle überschritten, die Schwelle zur Heimlichkeit. Trotzdem blieb das der inzwischen halbwegs vertraute Tote Winkel, mit dem Salzberg in ihrem Rücken, und den Kirchenglocken jetzt aus der Ferne, ohne freilich ein Gebäude weit und breit. Ein wie formloser Himmel; aber im Näherhinblicken nahm eine einzelne Wolke Gestalt an. Und bei aller Weglosigkeit schien im

Betrachten doch etwas wie ein Pfad, ein Steg oder zumindest ein Bruchstück davon auf, vielleicht auch bloß eine Wildfährte.

Wie sie so reglos dastand, schaute und lauschte sie nicht nur, sondern atmete tief ein und aus, und es war, als entstünde allein aus solchem Atmen, mochte sie nun auch querfeldein aufbrechen, eine Art Weg. Was war zuerst: Weg oder Atem? Und es zeigte sich in der Folge in einem tiefen Kanal das ruhig dahinfließende Vorwinterwasser, mit den unten in der Strömung treibenden schwärzlichen Herbstblättern; dann ein wohl von dem Gewitter der Vornacht geköpfter Kiefernstamm, der immer noch, von innen her, wo das Harz konzentriert war, brannte, das Feuer nur durch die Spalten zu sehen; Laubspreu im Sand, wovon ein einzelnes Blatt aufgelüftet wurde und, ohne Wind, wegflog; ein märchenhaft großer Maulwurfshügel, an dem ein Erdbrocken von selber ins Rollen kam; eine Schnecke, ja doch, mit einer Schlangenspur; ein Schmetterling, ja doch, dessen Aufflug einen ganzen Strauch aufwühlte; und eine verlassene Feuerstelle nach der anderen.

Es stimmt im übrigen nicht, daß sie während der ganzen Geschichte mit großen Schritten unterwegs war – hier jetzt tat sie kleine, kleinkleine Schritte, setzte einen Fuß vor den andern. Seltsam, daß trotzdem, und trotz der Windstille, von ihrem Segeltuchgewand ein vernehmliches Knattern kam: wie überhaupt nicht wenig Seltsames vor sich ging: Ein junges Paar begegnete ihr, mitten auf der Heide, Hand in Hand, einfach so, ohne Rucksack, ohne Hund, unter dem Himmel, und man grüßte einander, wovon ein Augenblick gemeinsamer Freude blieb, und entfernte sich unter dem Himmel. Ebenso dann ein altes Paar, und diese Paare hatten nichts im Sinn, als sich miteinander zu ergehen. Ein Läufer, der sich im Laufen wiegte, ohne Kopfhörer, ohne Musik. Ein Querfeldeinradfahrer, der, aus einem Wäldchen gekurvt, ohne Dress, ohne Helm, ohne Dreckspritzer auf dem Rücken, vor ihr verlangsamte, mit einem achtsamen Bogen um sie, und grüßte: »Dort hinten steht ein Pilz, ein schöner.« Was war daran aber seltsam? Doch, es war seltsam; besonders, daß sich das unter dem Himmel abspielte, und dieser Himmel: so groß. Kam das vom Himmel? War das der Blick? Immer hatte ich mir solche Begegnungen gewünscht, und das Wünschen hatte geholfen.

Für ein paar Schritte, ein paar Takte hatte ich dann sogar Grillen im Ohr, von überallher in der Landschaft, in der Flur, in den Fluren, wie ein Tonseilziehen, auch wie ein Herzuhraufziehen. Diese Stimmen, oder Laute, oder Klänge kamen aus einer anderen Zeit, und sie besagten: Wir führen keinen Krieg. Die Grillen, sie waren die Herolde, die Ausrufer des Friedens, des ewigen. Der war also möglich, immer noch? Für ein paar Schritte, ein paar Takte hörte ich sie, bevor sie verstummten; denn inzwischen war es auch bei mir hier Vorwinter geworden.

Die Gegend, in die sie aufgebrochen war, lag noch ohne ein sichtbares Schneien. Nur in eine Regenlache zu ihren Füßen schwebten dann ein paar einzelne Flocken ein, worauf vom Grund der Lache eine Blase aufstieg. Und jetzt landete ein ganzer Schneeflockenschwarm auf einer Sandstelle, auf der Stelle schmelzend und in dem hellen Sand dunkle, sich vergrößernde Kreise bildend. Sie hielt eine Vogelfeder, eine durchscheinende, zum Himmel, wie um Maß zu nehmen, und blies dann in ihre Mundharmonika: ein Rufen, wieder und wieder, das nicht verschrecken konnte, auch nicht das scheueste der Tiere.

Und noch eine Verwandlung. Die Kirche im Feld, weitab vom Dorfrand. Ein leichtes Schneien, in dem der Salzberg im Hintergrund dabei das einzige massenhaft Weiße blieb. Die Kirche war innen gehörig voll, und alle Gottesdienstbesucher, die Alteingesessenen, die Umgesiedelten, die Bergleute, zeigten sich im Festgewand, einem verschiedentlichen. Keiner, der sich nicht herausgeputzt, ja herausgeschwanzt hatte. Die Pastorin stand vor dem Volk, auf gleicher Höhe, ohne Kanzel. Dennoch hatte das, was sie so von sich gab, etwas von einem Abkanzeln, wenn auch immer wieder unterbrochen von Seufzern: »Ich hab's gewußt. Verloren. Aus. Nur noch Gesindel seid ihr auf Gottes Erde, Desperados. Vernichtet gehört ihr. Weg mit euch. Unzählig sind inzwischen die täglichen Schrecken. Doch noch mehr und mehr Schrecken mögen über euch kommen, und so groß sollen die Schrecken sein, daß ihr euch endlich nicht mehr vermehrt, vor lauter

Schreck. Ach ihr Kinder, unauffindbar eingeklemmt in den Betonröhren. Und ihr andere: Schämt euch, zu leben. Aber nein, ihr schämt euch nicht, könnt euch nicht mehr schämen. Es ist die Zeit der Schamlosigkeit, des Sichnichtmehrschämenkönnens. Die Scham hat nicht überlebt. Wir von jetzt sind die ersten, welche ihre Seelen verloren haben, und wir leiden nicht einmal darunter, sind höchstens verdrossen. Weltverdruß! Ah, wer hätte gedacht, daß die Welt mich verdrießen könnte. All mein Lachen und Weinen, nichts hat es gefruchtet: Ödnis und Dürre. Nichts wie weg von hier, weg aus dem Toten Winkel, zum Mekong-Delta, zum Niger-Delta. Ach, all die Deltas, die ich nicht kenne. Und was heißt: Ich habe meine Seele verloren? Es heißt, ich habe keine Membran zum anderen mehr. Die Membran ist gerissen. Und was ist so der andere, einst das Alpha und das Omega, für mich? Lärm. Es gibt ja auch schönen Lärm. Gesunden Lärm. Aber dieser –«

Sie unterbrach, und seufzte nur noch. Es konnte aber auch sein, daß sie unterbrochen wurde von dem Kriegsflugzeug, welches momentlang über die Kirche donnerte. Dann ließ sich von den Feldern draußen ein Rabenschreien hören, ein seltsam zartes, fast ein Flöten, und es öffnete sich die Westtür der Kirche, und in dem Eingang zeigten sich zwei Silhouetten, die einer Frau und die eines Kindes. Außer daß die beiden, über und über, mit Schnee überhäuft waren, ließ sich nichts Einzelnes sonst erkennen. Nur im Gegenlicht, als bloßer Umriß, erschien das wiedergefundene Kind, selbst als die Tür nun geschlossen wurde, und ich wollte es auch gar nicht anders sehen.

Ein Raunen war durch die Versammlung gegangen, wie sich vielleicht noch nie eines hatte hören lassen, nah an einem einstimmigen Japsen, wie bei einem tiefen Erschrecken. Und wieder hatte dort vorn beim Altar die Pastorin geseufzt – doch was für ein melodisches Seufzen war das! –, und war dann in ihrer Predigt, oder um was auch immer es sich dabei handelte, fortgefahren: »Ich habe es gewußt. Alle die Äpfel auf dem Gartentisch beim ersten Blick aus dem Fenster am Morgen, und ich bin da. Und es ist da. Ich und es sind da. Das Leben ist neu erschienen. Die Träume sind zurückgekommen: Schaut, schaut – hört, hört. Nach all dem

Schrecken, dem Grauen; wie sehe ich klarer, wie höre ich besser. Unsere Geschichte: aufzugeben? Ausgeträumt? Nein, ich gebe die Geschichte nicht auf. Sie weiterträumen. Ereignete sich denn nicht jener eine göttliche Augenblick in ihr, und ereignet sich der nicht immer wieder, und das ist die wahre Geschichte? Zeichen um Zeichen, weder gute noch schlechte – einfach Zeichen. Fülle der Liebe, Fülle der Trauer, Fülle der Zeit. Aber in der Freude jetzt: Der Schmerz muß bleiben. Wer früh den Vater verloren hat, bleibt immer sein Kind. Hier ist es, hier. Unverwüstlichkeit. Ich war bei den Meinen, und ich habe die Meinen nicht erkannt, ich! Und was ist zum Beispiel unverwüstlich? Die Spatzenbadekuhlen im Sand. Weg von hier? Nein, hierbleiben. Dort leben, wo die Welt ergreifend ist. Und wo ist sie ergreifend? Hier, im Toten Winkel. Und auch zu dem Namen hier stehen, wie die Juden stehen zu den Namen, die ihnen aufgestempelt wurden, ob Birnbaum, Bruchwald oder Rosenzweig; ob Leihgeber, Schusterkatz oder Morgentau. In unserm Toten Winkel hier das Kleid der Ferne anziehen. Unser Geburtstag ist heute. Kühnheit. Kühn leben, ohne Extra-

Mut, ohne Mut zeigen zu müssen. Die Kühnheit als der Grund von und zu allem. Ihr Paare, du Paar da: Wenn Paare, nur kühne. Nichts Schöneres, nichts Gottgefälligeres als ein kühnes Paar. Und seid einander Körper. Seid einander die einzigen, du sein Körper, und du der ihre. Und du, Kind, geh uns nicht noch ein zweites Mal verloren. Denn das zweite Mal, das wäre das endgültige. Um das Wiedergefundene muß erst recht gezittert werden, nicht wahr, Leute?« (Und in der Tat geht nun ein allgemeines Zittern durch das Auditorium, und nicht bloß durch dieses.) »Und nun ausgezittert. Weg von den Dramen. Weg auch von den Liedern. Und auch genug gepredigt – wenn ihr andrerseits dieses oder jenes Predigen hochhalten mögt. Zurück zur Prosa. Ihr seid alle bei mir drüben eingeladen. Die Räume sind gut geheizt. Vorher schön den Schnee von den Schuhen klopfen. Zu essen gibt es übergenug, ich habe mir die Reste von dem Fest gestern anliefern lassen. Und es geht nichts über Reste. Und auch zu trinken gibt es, versteht sich, und nicht bloß Wasser und den einheimischen Holundersaft. Und du, Kind, wirst uns erzählen. Erzählen bis zum Abend, bis in die Nacht. Denn du hast nun etwas zu erzählen, oder? Oder? Man weiß nie.«

Und ganz zuletzt höre ich doch noch eine Singstimme: »Ah, wenn einmal ein Kind ins Erzählen kommt: Gehen von Menschen unter blühenden Bäumen ...«